ベリーズ文庫

愛なき結婚ですが、一途な冷徹御曹司のとろ甘溺愛が始まりました

田崎くるみ

STARTS
スターツ出版株式会社

目次

愛なき結婚ですが、
一途な冷徹御曹司のとろ甘溺愛が始まりました

『離婚届に記入してくれませんか』

今日は愛する夫との結婚記念日。そんな日に、私はそっとテーブルに記入済みの離婚届を置いた。

あとは彼が記入して役所に提出してくれたら離婚が成立する。

「あっという間の一年間だったな」

小さなため息をひとつ漏らして、過ごした部屋を最後に見て回る。

新婚生活をスタートさせたのは、都心部へのアクセスも抜群の高層マンション。二十畳以上ある広々としたリビングの窓からは、最上階ということもあって立ち並ぶビルを眺められ、夜の景色がとても綺麗《きれい》だった。

キッチンは私のために特注してくれて、非常に料理しやすかった。部屋の掃除は週に三回ハウスキーパーが担ってくれて、常に整理整頓されている。

仕事で日々忙しいのだから家にいる時間は好きに過ごしてくれと言われ、私はなんて幸せな結婚をしたのだろうと喜んだのは、ほんの数日だけだった。

「これも返さないと」

左手薬指から一年間はめていた結婚指輪を抜いて、離婚届の隣に置いた。

同じ時間を過ごしていれば、きっと彼も私に心を開いてくれると信じていた。でも現実は違い、彼が私に心を開くことはなく、夫婦としての関係を築けなかった。

結婚記念日だというのに連絡のひとつもなく、二十時を回った今も帰ってこないのがなによりの証拠。

「これ以上、好きな人に愛されない日々には耐えられない」

ううん、愛されないとしても妻として私を見てくれたらそれだけでよかった。

だけど彼は、貴重な休日に私以外の女性と会う約束をしていたのだ。同じ人と何度か電話で話しているのを偶然聞いたこともある。

その相手が好きなのかもしれない。だったらきっと私との結婚生活に嫌気がさしているはず。それなら喜んで離婚届に記入してくれるだろう。

必要な荷物だけを詰めたキャリーケースを手に、私は一年間住み慣れた部屋を後にした。

コンシェルジュに鍵を預けて外に出ると、すっかりと日が落ちていた。夏真っ盛りの時期、夜になってもまだ汗が滲《にじ》むほど暑い。

マンションの目の前には大きな公園がある。今の時間はひと気がないけれど、日中は家族連れで賑《にぎ》わっていた。

いつか子どもができたらここに三人で遊びに来られたらと夢見ていたけれど、叶えられなかったな。

キャリーケースを引きながら大通りへと歩を進める。

逢坂《おうさか》……改め、あと数日で旧姓の春日井《かすがい》菫子《すみれこ》に戻る予定の私と夫の逢坂隼士《しゅんじ》は、一年半前のお見合いで出会い、結婚した。

お見合いするきっかけとなったのは、お互いの父親が経営する会社同士の業務提携が絡んだものだった。

隼士さんの父親は誰もが知っている有名な『逢坂食品』の三代目社長で、私の父親は『春日井メーカー』二代目社長。

逢坂食品は今年で創設百年を迎える。レトルト食品の国内シェアナンバーワンを誇っており、ほかにも乾物やインスタントなど幅広い加工食品分野で業績を伸ばしている。総従業員数は約一万人。東京《とうきょう》の本社を拠点に北は北海道《ほっかいどう》から南は沖縄《おきなわ》まで、支店や工場が全国各地にある。

一方、春日井メーカーは創設四十五年で総従業員数が五千人ほど。缶詰を主に取り扱っており、着実に業績を伸ばしている。

海外向けにユニークな缶詰を販売したところ、これが大あたり。今も海外向けの商品を開発し、輸出して大きな利益を得ている。その一方で国内シェアでは三番手ほどだった。

逢坂食品は国内トップシェアを誇っているが、世界的にはまだ知名度が低い。そこで今後、国内はもちろんよりグローバルに展開すべく、春日井メーカーに矛先が向けられた。

春日井メーカーとしても国内での知名度をもっと上げたいという思惑があり、双方の求めているものが一致したというわけで、業務提携を結ぶことになったのだ。それを確固たるものにするため、私たちに白羽の矢が向けられた。

隼士さんは二十五歳になる私より五つ年上の三十歳。その若さで専務取締役を担い、営業部の部長も兼任して日々現場で奮闘している。彼の営業手腕は、誰もが羨むほどだとか。

それだけでも注目される存在なのに、一八五センチの長身で、幼い頃から文武両道だったらしく体はほどよく鍛えられていて、スーツがとてもよく似合っている。

眉毛に少しかかるサラサラの黒髪にきりっとした二重瞼《ふたえまぶた》の目は、力強くて誰もが見惚《みと》れてしまうほど。

仕事には真摯で誰よりも働き、そして努力している人でもあった。その証拠に結婚後も仕事中心の生活で、休日出勤なんてあたり前。たまに早く帰ってきた日には仕事を持ち帰っていて、食事を済ませたらすぐに書斎にこもっていたくらいだ。

真面目なところも惹《ひ》かれた理由のひとつで、人として尊敬できる。……でも夫婦となったら話は別だった。

仕事中心の生活で、家庭を顧みない。朝や寝る前の挨拶にさえ『あぁ』とそっけない返事だったり、うなずくだけだったり。私が話しかけても、話もしたくないのか手短に済ませようとする。

寝室にはふたりで寝るためのキングサイズのベッドがあるというのに、この一年間、ふたりでベッドの上で寝たことは一度もなかった。

それは彼が遅くまで仕事をしているからだし、次期後継者となれば仕方がないのかもしれないけれど、せめて顔を合わせた時くらいは夫婦らしく過ごしたかった。

そんな些細《ささい》な願いも隼士さんは叶えてくれなかった。〝さくら〟と名前で呼ぶほど親しい女性がいるからだろう。

多くの車が行き交う道路でタクシーを止めて乗り込み、実家の住所を告げるとすぐに車は走り出した。

きっと覚えているのは私だけだろうけど、お見合いをする前に一度だけ隼士さんと会ったことがある。その時に私は彼に助けられ、また会えたら……とひそかに願っていた。

だからお見合い相手が隼士さんだと知った時は、運命ではないかと浮かれてしまった。今思えば、お見合いから結婚するまでの時間が一番幸せだったのかもしれない。

挙式を行うホテルのスイートルームを彼がとっていたと知ったのは、当日の朝。初めてふたりで過ごす夜のことを考えると、式中からずっと緊張していた私とは違い、隼士さんは冷静だった。

部屋に入ってすぐ、彼はデスクに着きながら片づけたい仕事があるから先にお風呂に入るように言ってきた。私は何度も体を洗い、お風呂から出ると今度は寝室で待つように指示される。そして隼士さんもお風呂に入りに行った。

彼を待つ時間はとても長く感じ、心臓が止まるんじゃないかと思うほど速く脈打っていた。

そして入浴を済ませて寝室に入ってきた彼は、私をベッドに組み敷き、大きな手を頬に添えてゆっくりと顔を近づけてきた。

キスをしたら、いよいよ隼士さんに抱かれる。

覚悟を決めてギュッと目を閉じたものの、いつまで経っても唇に感触がこない。

少しして頬から手が離れ、目を開けると彼は私から退いて背を向けていた。そして『急を要する仕事が残っていたから、先に寝ててくれ』と言って、私はひとり寝室に残されてしまったのだ。

初夜なのに拒絶されるほど私には魅力がないと思い知らされた。好きな人に受け入れてもらえないことがつらすぎて、声を押し殺してひと晩中泣き腫らした。その後、彼が私に触れてくることは一度もなかった。

「隼士さんは、私の運命の人ではなかったんだろうな」

彼にとっても私は運命の相手ではなかった。お互いがそうでなければ、運命というロマンチックな言葉は使えないのだと痛感した。

窓の外には見慣れた景色が流れていく。

お盆や年末年始、両親の誕生日など特別な日以外は帰っていなかったから、連絡もなしにキャリーケース片手に帰ったら家族は驚くだろう。

きっと両親はもう一度話し合いなさいなどと言うはず。でもそれは、私たちと同じ政略結婚ながら順調に愛を育み、結婚して三十年経った今も仲睦まじいふたりだからこそ言えるものだ。

私と隼士さんは喧嘩《けんか》しても話し合い、仲直りできる両親とは違う。そもそもまともに話したことすらないのだから。

両親をどう説得しようかと頭を悩ませる私を乗せて、タクシーは高級住宅街の一角にある実家へと向かった。


「菫子、車を出してあげるから明日の朝一番に戻りなさい」

「そうね、仲直りは早いほうがいいわ。意地を張ったってどうにもならないのだから」

久しぶりの家族四人での夕食の席で、両親は開口一番に予想通りの言葉を口にした。

「いやいや、父さんも母さんもちゃんと姉さんの話を聞いていたのか？　姉さんは離婚届を置いてきたんだぞ？　ふたりがいつもしている痴話喧嘩とは違うだろ」

どうして急に実家に帰ってきたのか、それについて説明したところ、ちゃんと私の話を理解してくれたのは二歳下の弟、優斗《ゆうと》だけだったようだ。

「菫子と隼士君の結婚はふたりだけの問題じゃないんだ。今、逢坂食品との共同商品開発が大詰めを迎えている。これから海外販売に向けて動いていくというのに、離婚など認めるわけがないだろう」

「そうよ。それに菫子、ちゃんと隼士さんと話し合ったの？」

両親が言いたいことは理解できる。結婚を決める際に、ふたりは私の気持ちをなによりも優先してくれた。それでも結婚を望んだのは私だった。

「いや、でもさ！　義兄さんが浮気していたんだぞ？　どんなに姉さんが義兄さんを好きでもさすがにそれはきついだろ」

必死に優斗がフォローしてくれるものの、お母さんは真剣な面持ちで私を見つめた。

「ちゃんと隼士さんに話を聞いていないんでしょ？　浮気だと一方的に決めつけるのはよくないわ」

「そう、だけど……」

言葉が続かなくなると、次に脳裏に浮かぶのは三週間ほど前の夜のこと。

あの日も隼士さんは書斎で持ち帰った仕事をしていた。

私は少しでも彼の手助けをしたい思いで、珈琲《コーヒー》を淹《い》れて届けようとしたところ、ドアが開いていて電話する声が聞こえてきた。

相手は仕事先の人かもしれないと思い、電話が終わるまで待つべきか悩んでいたら、彼の口から聞いたことがない女性の名前が飛び出したものだから、つい耳を澄ませてしまった。

『あぁ。……わかってる。しつこいぞ。さくらの言う通り、相手とは政略結婚だ』

私と彼は愛し合って結婚したのではない、政略結婚だ。でも実際に彼の口から聞くと胸が痛む。

それに、呼び捨てにするほど親しい女性がいたってこと？

砕けたやり取りがうかがえて、困惑と不安でいっぱいになる。

『日曜日、表参道《おもてさんどう》のカフェだろ？　大丈夫、ちゃんと覚えた』

クスリと笑う声が聞こえ、思わず部屋の中を覗《のぞ》き見る。背中しか見えなかったけれど、隼士さんは楽しそうに電話をしていた。

私と話をする時には聞いたことがない明るい声に、心は落ち着かなくなる。

それ以上聞いていられなくなり、私は珈琲を渡すことなくその場を去った。

そして次の日曜日、隼士さんは仕事だと言って出かけていった。相手と邪《よこしま》な関係にないのなら、仕事などと嘘《うそ》はつかないはずだ。だから私は浮気を疑った。

その後も二回ほど彼が電話する姿を目撃し、相手はさくらさんのようだった。

それもあって不安は大きくなり、確かめる勇気もなく逃げてしまった。

「父さんも隼士君のような真面目な男が、浮気をするとは思えない。母さんの言う通りなにかの間違いかもしれないのだから、ちゃんと隼士君と話しなさい。……話をしても離婚したいと思うなら、一度離れて暮らせばいい。とにかく離婚は認められない。逢坂さんも同じだろう」

不安と悲しみのあまり、後先を考えずに飛び出してきたところがある。もっと慎重になるべきだったのかもしれない。

結婚前にお父さんもお母さんも、本当に隼士さんと結婚してもいいのかと何度も私に確認してくれた。

あの時はひと目惚《ぼ》れした彼と結婚できることがうれしくて、そばにいられるだけで幸せだった。

だから今、嫉妬心を抱き、相手が自分に好意を向けてくれない悲しみがこんなにも耐え難いなんて想像もできなかった。

きっとこの先、どんなに長い時間を一緒に過ごしたとしても隼士さんが私を好きになる未来は訪れない気がする。

それなら今は離婚できないとしても、離婚届に記入してもらえるだけでいい。会社にとってマイナスにならない時期に離婚すればいいのだから。

「ごめんなさい。……明日、戻って隼士さんとちゃんと話をしたいと思う」

私の話を聞き、表情を緩めた両親に間髪を容れずに言った。

「でも！　話し合って離婚する気持ちが変わらなかったら離婚を認めてほしい。もちろん今すぐじゃなくて、私たちが離婚しても仕事に影響がない時期まで待つから。……お願い、もう好きな人に冷たくされながら過ごす毎日に耐えられないの」

私の切実な思いを感じ取ったのか、両親は顔を見合わせて小さくため息を漏らした。

「ふたりが真剣に話し合った上で決めたなら仕方がないだろう。その時は離婚を認めよう。しかし、離婚届を提出する時期は逢坂さんと話をしなければいけない」

「うん、それはもちろん！　ありがとう、お父さん」

離婚届に隼士さんのサインをもらえたら両親は離婚を認めてくれる。その事実があるとないとでは話が違う。

「だけどあなた。その心配はないと思うわよ。隼士さんだって菫子を大切に思ってくれているじゃない。私たちは結婚したら家庭に入るべきだと言ったのに、隼士さんは菫子の気持ちを理解してくれて、仕事を続けていいと言ってくれたし、結婚する時だってしっかりと挨拶に来てくれたわ。菫子を幸せにすると約束してくれたのだから」

隼士さん……プロポーズ後すぐに両親に挨拶をしてくれたんだよね。

仕事に関しても理解してくれた。本来なら私は春日井メーカーのために、両親が選んだ相手と結婚する未来に向けて花嫁修業しなければならなかった。

それは物心がついた頃には両親から聞かされていたたし、自分でも自由な恋愛はできないと覚悟を持っていた。

周りの友達も同じ状況であたり前だったたし、大学生までなに不自由ない生活をさせてもらっている以上、義務だとも思っていた。

両親の決めた相手と結婚する未来は受け入れていたものの、それまでは自由に生きてみたいと思った。

仕事をしてひとり暮らしもしてみたい。残念ながらひとり暮らしに関しては両親に大反対されて叶わなかったけれど、仕事に関しては将来の結婚相手を支えるためにも、働くことの大変さを知っておくのもいいと認めてくれた。

最初は春日井メーカーへの入社を強く勧められたけれど、実家の力が絶対に働かない場所で働きたかった。

しかし就職活動を始めようとした矢先、一般企業への就職についてやはり両親の反対があり、何度も頼み込んだ末、家族同士つながりがあるという理由で『月森《つきもり》のところなら……』と許可が下りた。幼なじみである月森旭《あさひ》の父親が経営する月森銀行だ。

ちなみに旭は同い年で、異性ながらなんでも話せる親友のような存在。

月森銀行に入社して本社の受付に配属され、勤務中に隼士さんと出会ったわけだけれど、結婚後も彼は働くことを認めてくれて、私は今も勤め続けている。

「もちろん私もそう思っているが、人の気持ちはどうなるかわからないからな。大切なのはふたりの気持ちだ。よく話し合って決めたなら私たちにどうこう言える問題ではない」

「それはそうだけど……」

そう言ってお母さんは深いため息を漏らした。

「そうね、ふたりの問題ね。董子、お母さんもあなたたちが話し合って決めたなら反対はしないわ。……ただ、後悔だけはしないで」

「……うん」

後悔するとしたら、離婚せずにズルズルと隼士さんと結婚生活を続けることだと思う。つらくて悲しい日々にどんな未練があるというのだろうか。

私の返事を聞き、両親は顔を見合わせてうなずいた。

「とにかく今夜はうちでゆっくりしていきなさい」

「うん」

あとは隼士さんと話をして離婚届に記入してもらうだけだ。

「俺で力になれることがあったら喜んで協力するから、遠慮なく言ってくれよ？」

「ありがとう、優斗」

私の気持ちを尊重してくれて、こうして力になってくれる家族がいると思うとどんなに心強いか。両親の子どもとして生まれてこられて、神様に感謝したいくらい。

食後は、二十年以上勤めてくれている六十代の家政婦、秋沢《あきざわ》さんが淹れてくれた珈琲を飲みながら、昔のようにリビングで家族団らんして和やかな時間を過ごした。

「実家のお風呂に入るの、久しぶりだな」

お気に入りのカモミールのバスソルトを入れて、すごくホッとする香りに癒される。

離婚届を置いて隼士さんと暮らすマンションを出るまで、何度も考えて自分自身にこれで本当にいいのかと問いかけてきた。

悩みに悩み、離婚するという決断をし、こうして実家に帰ってきたからだろうか。ゆっくりと天を仰ぎながら目を閉じると、就職した日から隼士さんと出会った日のことが脳裏に浮かんだ。

＊　＊　＊

月森銀行に就職した私は、春日井メーカーの令嬢という身分を隠したくて母方の姓である〝田辺《たなべ》〟を名乗って入社し、受付に配属された。

仕事は大変だが、やりがいもある。

スムーズに受付対応できるよう、頻繁に来社する得意先の社名や担当者、来客を知らせる先である部門名称や内線番号、どの部署の来客なのか、どういった手順で案内すればいいのかなど細かに記憶するよう努めた。

努力のかいがあって早くに覚えることができたし、来客の対応をした時に『ありがとう』と言われると、もっとがんばろうと思えた。

先輩たちとも良好な関係を築けていたものの、あることをきっかけに変化が生じた。

幼なじみの旭も、後継者として月森銀行の本社で働いていた。

旭は幼少期から一番の遊び相手で、思春期は少し距離ができたけれど顔を合わせれば話すくらいの気軽な関係が今も続いている。

愛想がよく明るい性格で誰からも好かれていた旭は、私の両親から絶対的な信頼を得ていた。親同士も仲がよく、一時は私と旭の結婚話が浮上したほど。もちろん私も旭もお互い恋愛感情を抱いているわけがなく、冗談で言ってきた両親に猛反発をした。

私は旭を異性として見たことは一度もないし、旭も幼い頃に会った初恋の女の子が忘れられなくてずっと捜しているという。私はまったく意識されていないのだ。

その後、両親たちは二度と結婚話をしてこなくなったが、会社の人たちは私たちの関係を疑っている。

次期後継者の旭が一般社員である私に気軽に声をかけるところを見られ、ふたりはどんな関係なんだ？と一時的に噂が立ってしまったのだ。同僚からも何度も質問攻めにあった。

旭が単なる幼なじみだと周囲にはっきり言ってくれてから変な噂は立たなくなったけれど、社内では近寄らないように気をつけている。

その後は大きな問題もなく、仕事にもすっかりと慣れてきた二年目の春。

いつものように受付のカウンター席で来客を案内する中、四十代くらいの男性がやって来た。立ち上がって普段通りに用件を聞いたところ、穏やかな笑顔を向けていた男性の表情が一変し、ポケットからナイフを手に取った。

「今すぐ社長を出せ！」

男性は大声で叫びながら、鋭いナイフを私に向ける。

周囲にいた人たちは悲鳴をあげて逃げていくが、私は恐怖で動けなくなる。

「なにやってんだ、早く社長に連絡してこっちに来させろ！　お前に融資を断られたせいで会社が倒産して、人生を台なしにされた男が来たと言え！」

「は……は、はいっ」

詰め寄ってきた男性は、至近距離でナイフを振りかざす。尖端《せんたん》がちらついている状況の中、私は震える手で内線の受話器を手に取った。

しかし思うようにボタンが押せずもたつく。そうしたら男性が苛立った様子で怒鳴りだした。

「早くしろ！　まさかお前、警備員が来るまでの時間稼ぎをしているんじゃないだろうな！」

「ち、違います！」

「あいつの会社の人間なんて信じられるか！　くそ、女にまでバカにされるなんてっ……！」

怒りからなのか、男性のナイフを持つ手が震えだす。このままでは、あのナイフで刺されそうな勢いだ。

ますます私は恐怖心に襲われ、身動きが取れなくなる。

もうだめかもしれない。そう思った瞬間、男性が急に「ぐわぁっ」と悶絶《もんぜつ》する声をあげた。それと同時にナイフが床に転がる音が響き、「離せ！」と男性が喚《わめ》き散らす。

カウンターがあって見えず、状況が理解できない。すると少しして警備員三人が駆けつけた。

その瞬間、ホッとできたのか体が動き、カウンターを回って状況を確認する。犯人はある男性に押さえつけられ、それでも必死に抵抗していた。

「大丈夫ですか⁉」

「はい。ナイフは持っていませんが気をつけてください。それと警察に通報を」

落ち着いた様子で話す男性の声。そして警備員ふたりが犯人を連れていくと、残った警備員と話すうしろ姿の男性に目がいく。

年齢は二十代後半くらいだろうか？　逞《たくま》しい背中を見つめていると、警備員と話を終えた男性が振り返った。

綺麗すぎて、思わず息をのむ。

顔のすべてのパーツが整っていて、世の男性がなりたいであろう理想の顔そのもの。

ぼうぜんと立ち尽くしていると、彼は心配そうに眉尻を下げた。

「おけがはありませんか？」

「あ……は、はい」

言葉をかけられて驚き、声を上擦らせながらなんとか返すも、恐怖心から解放されたからだろうか。今になって体中の力が抜けてふらつき、カウンターに手をついた。

「大丈夫ですか？」

「だ、大丈夫です」

恥ずかしい、今になって腰が抜けたとか。

こんな姿を見られたくなくて笑顔を取り繕うものの、彼はなんとかカウンターに手をついて体を支えている私を見つめるばかりで一向に去ろうとしない。

「助けてくださり、本当にありがとうございました。私ならもう大丈夫です。あ、すみません、どういったご用件でお越しいただいたのでしょうか？」

醜態をいつまでも見られていたくなくて、早く去ってもらうために声をかけると、彼は「失礼」と言って私との距離を詰め、軽々と抱き上げた。

「きゃっ⁉」

いきなり体が宙に浮いた瞬間、悲鳴にも似た声をあげながらとっさに彼の首にしがみつく。突然のお姫様抱っこに、私はもちろん周囲にいた人たちもぼうぜんとなる。

え？　なにこれ。どういう状況？

人生初の経験にパニック状態に陥る。しかしすぐに落ち着きを取り戻し、必死に彼にしがみついている事実に気づいた私は、首に回していた腕をほどいた。

と思うだけど胸の高鳴りは収まらず、絶対にドキドキしていることが伝わっていると思うと恥ずかしくてたまらなくなる。

「あの、私なら本当に大丈夫ですので下ろしてください」

羞恥心はもちろん、周りの目も気になって仕方がない。

だが、そんな私とは打って変わって冷静な彼は至近距離で私を見つめた。

「なにを言っているんですか、こんなに体を震えさせておいて。けがをしているかもしれませんし、一度診てもらったほうがいいでしょう。医務室はどちらですか？」

体が震えているのは緊張と恥ずかしさからであって、彼にお姫様抱っこされたおかげで恐怖心は一気に吹き飛んだ。……なんて、親切心で言ってくれている彼には言えなくて「すみません」と謝りながら医務室の場所を伝えた。

変な汗をかいたせいで匂わないかなとか、重くないかなとか心配事が次々と頭をよぎるが、彼は表情を変えず真っすぐに歩を進めていく。

こんなにカッコいい人にお姫様抱っこされることは、きっと後にも先にもこれが最後かもしれない。なんて思いながら彼の凛々《りり》しい横顔を何度も盗み見る。

医務室に到着すると彼は産業医に事情を説明し、私をそっとベッドに下ろした。

「それではお大事になさってください」

そう言って彼が背中を向けた瞬間、思わず「待ってください！」と呼び止めてしまった。だって助けてくれたのにしっかりとお礼を言えていない。

「その……助けてくださり、本当にありがとうございました」

突然呼び止められて困惑していた彼だったけれど、感謝の気持ちを伝えると少しだけ目を細めた。

「いいえ、当然のことをしたまでです。……あなたが無事でよかった」

やわらかな表情で言われた瞬間、鋭い矢が心臓を射ぬくような痛みに襲われる。

なにこれ、どうしてこんなに胸が苦しいの？　それでも彼から目を逸らせない。

「それでは私はこれで」

「あ……ありがとう、ございました」

必死に胸の苦しみを抑え、私はただ医務室から出ていく彼を見送ることしかできなかった。

その後産業医に診てもらい、けがはないものの精神的なショックのほうが大きいだろうからと言われ、早退することとなった。

次の日には社内に事件の噂が大きく広まっており、しばらくの間はずっと同僚から質問攻めにあった。

そしてまるで物語のヒーローのように事件を解決して私を救ってくれた彼のことは、すぐに知ることができた。

それから私は、会社にあるビジネス誌によく登場していた彼を、気づけば雑誌の中で捜していたり、テレビに出ていたら真剣に見入ったりしてしまい、隼士さんがどんな人なのか知りたくてたまらなかった。

初恋だと気づくのに時間はかからなかったが、彼への気持ちは憧れのほうが強いのかもしれない。

あれ以降は一度もうちの銀行を訪れていないから会えずじまいだし、それならいっそ、初恋のいい思い出として忘れるべきなのかもしれない。

出会いから三カ月経ち、そのように自分の気持ちに整理をつけ始めた矢先、父から彼との縁談話を聞いた時はどんなに驚き、そして喜んだか……。

あきらめなくていい、初恋は実らないって言うけれど、もしかしたら実ることがあるのかもしれない。私も、始まりは違えど、好きな人と一緒にいられるのだと夢を膨らませ、憧れの初恋の人と結婚できるなら幸せになれると信じていた。

それがどんなに悲しく、つらいことかも理解できずに……。

＊＊＊

結婚生活は夢描いていたものとは違った。ひとりで過ごす日々は切なくて、愛する人に愛されないという事実が私を虚しくさせた。

「もうあんな思いはしたくない」

叶わぬ恋心をずっと抱えていてもつらいだけ。だったら少しずつでも忘れる努力をしたほうがいい。

長く浸かっていたせいかのぼせそうになって、慌てて湯船から出た。

着替えを済ませ、向かった先は庭にあるテラス。一面芝生が敷きつめられた庭は玄関まで見渡せる。ゆっくりと椅子に腰を下ろし、レモン水を飲みながら夜風にあたる。

「気持ちいい」

まだ体が火照《ほて》っているから夜風が心地よい。

目を閉じて風にあたりながら心を休ませていると、家の前に車が急停止する音が響いた。次に勢いよくドアが閉まる音が聞こえ、インターホンが鳴る。

「誰だろう、こんな遅くに」

時刻は二十三時過ぎ。お父さんの会社でなにかトラブルが起きて、秘書が訪ねてきたのだろうか。

気になって玄関のほうを見ると、秋沢さんが対応していたのは隼士さんだった。

「え？　隼士さん？」

立ち上がって大きな声で彼の名前を口にした瞬間、気づいた隼士さんがこちらに目を向けた。

すると彼は「失礼します」と言って、「お待ちください」と制止する秋沢さんを無視し、こちらに歩いてくる。

そして私の前で足を止めると、隼士さんは呼吸を整えるように小さく息を吐く。

真っすぐに私を見つめる瞳はどこか怒りを含んでいてたじろぐ。

「悪いけど俺は菫子と離婚するつもりは毛頭ない」

すると彼は予想外の言葉を口にした。

「えっ？」

離婚するつもりは毛頭ないって……なぜ？　隼士さんにとって私は邪魔な存在じゃないの？

思いがけない話に言葉を失う私を見て、隼士さんは苦しげに表情をゆがめた。

「この一年、菫子をわずらわせるようなことはしないように努め、なにかを強要したりもしなかったはずだ。それでもほかに不満があるなら言ってほしい。できる限り望みは叶える」

「不満だなんて……」

そもそも不満があるのは隼士さんのほうではないだろうか。私をわずらわしいと思っていたんじゃないの？

なにより彼が浮気などしなければ、離婚という決断には至らなかった。……ううん、隼士さんが私と人並みに夫婦として過ごしてくれてさえいたら、浮気も黙認できたかもしれない。

私はただ、隼士さんのそばにいたかっただけ。彼と幸せになりたかったんだ。

「菫子？」

なにも言わない私に、隼士さんは戸惑っているようにも見える。一瞬、本気で彼が私と離婚したくないと勘違いしそうになってしまった。

違う、きっと会社にとって大きなマイナスになるからだ。だから彼は私との離婚を望まないだけ。そう自分に言い聞かせ、心を落ち着かせた。

「もちろん会社の事情は理解しています。なので、離婚は今すぐではなくても大丈夫です。仕事に支障がない時期に離婚してください」

「……時期の問題じゃない」

低い声でつぶやいた彼の目には、怒りや悲しみといった色が滲んでいるように見えて戸惑いを隠せなくなる。

だけどなぜ？　離婚の障害は業務提携の話しかないのに、ほかにどんな問題があるっていうの？

きっと隼士さんはさくらという女性の存在を私に知られたくないはず。既婚の身で浮気となれば立場的に問題だし、今進めている仕事にも悪影響が出るかもしれない。

それならせめて最後まで私は気づいていないふりを続けようとしたのに……。

言うのは簡単だけれど、私が気づいていたと知った時、隼士さんを困らせると思うと切り出すことに躊躇《ちゅうちょ》してしまう。

そんな私を見て我に返ったのか、隼士さんは咳払《せきばら》いをした。

「とにかく一度よく話し合う必要があるな。……だから菫子、一緒に帰ろう」

大きな手が差し伸べられ、胸がトクンとなる。

もちろん話し合いは必要だ。でもこのまま一緒に帰ったら、せっかく離婚すると決めたのに気持ちが揺らぎそうで怖い。

「ごめんなさい、今夜は実家に泊まって明日の夜までには戻ります」

一度ひとりになって気持ちを落ち着かせる時間が必要だ。

「せっかく来ていただいたのにすみません、気をつけて帰ってください」

これ以上隼士さんと一緒にいては、好きという気持ちがあふれそうなので踵《きびす》を返したら、すぐに腕を掴《つか》まれた。

「ひとりでは帰れない」

「な、にを言って……」

振り返り彼を見れば、いつになく真剣な瞳が私をとらえて離さない。

「菫子が一緒に帰ると言うまで、この手は離さない」

鋭い目が私の心を射ぬき、胸が苦しくなる。

今になってどうしてそんなことを言うの？　結婚してからというもの、夫婦らしい生活などしてこなかったのに……。

隼士さんは妻として私を見てくれなかった。……たったの一度も。

「そこまで離婚を拒む理由はなんですか？　隼士さんは私を女性として一度も見てくれなかったのに」

結婚式で誓いのキスをして以降、彼は一度も私に触れなかった。

「話しかけてもそっけなくて、夫婦なのに手も握ってくれなかったじゃないですか」

後継ぎを両家の親から望まれていたのに、私に触れなかったのはすでに心に決めた人がいるからだと思った。

「それは……」

そこまで言いかけたのに隼士さんは言葉を詰まらせ、視線を逸らした。

やっぱり私の予想はあたっていて、さくらという意中の相手がいたから私が勇気を出した日も断ったんだ。

結婚初夜を思い出し、ギュッと唇を噛《か》みしめる。

「とにかく今すぐには無理でも、離婚してください。……隼士さんが直後に再婚しても気にしません。ただ、早く離婚届に記入してくれませんか?」

改めて自分の意思を伝えると、隼士さんは私の腕を掴む力を強めた。

「離婚も再婚もするつもりはない。俺の妻はこの先もずっと菫子だけだ」

力強い声で放たれた言葉にドキッとなる。

ううん、そんなはずがない。隼士さんには愛している人がいるはず。頭ではわかっているのに、心が落ち着かない。なにも言い返せず、ただ隼士さんを見つめるしかできなくなる。

彼もまた私から視線を逸らすことはなく、見つめ合ったままどれくらいの時間が流れただろうか。少しして隼士さんは私の腕を離した。

「どうやら今夜はおとなしく帰ったほうがよさそうだ」

吐息交じりに言うと、隼士さんは私と目線を合わせるように膝を折った。

「俺はなにがあろうと、董子と生涯ともに生きたいと思っている。……だからもう二度と離婚届にサインしろなんて言わないでくれ」

つらそうに表情をゆがめる隼士さんがなにを考えているのかわからなくなる。

なぜこんなにも私との結婚継続にこだわるの？　その理由はなに？

「また来る」

膝を伸ばした彼はそっと私の髪をなでた。その手つきは優しくてくすぐったい。

やがてゆっくりと背中を向け、隼士さんは去っていく。

今すぐに離婚はできずとも、簡単にサインしてもらえるものだと思っていたのに……。

彼が見えなくなってても私はしばらくの間、その場から動けずにいた。

『もう遠慮はしない』

カーテンの隙間から朝陽が差し込み、そのまぶしさに目を覚ました。

「嘘、もう朝？」

昨夜はなかなか寝つけず、眠りに就いたのは四時過ぎだったから二時間くらいしか眠れていない。それでも今日は仕事だから起きないと。

目をこすりながらゆっくりと起き上がったが、睡眠不足で頭が重い。

少しでも目を覚まそうと冷たい水で顔を洗い、メイクを施す。そして身支度を整えてからリビングへと向かった。

すでに両親は起きていて、優斗に関しては出張で大阪《おおさか》に向かうため、すでに家を出た後だった。

「おはよう」と挨拶をしながら席に着くと、お父さんは読んでいた新聞を畳んだ。

「おはよう、董子。今朝、隼士君から連絡があったぞ」

「えっ？　隼士さんから？」

秋沢さんがテーブルに料理を並べていく中、お父さんは続ける。

「あぁ。開口一番に謝罪され、隼士君の仕事が落ち着くまでの間、お前をよろしくお願いしますと言われた。それと、昨夜は突然家に押しかけたにもかかわらず、挨拶もせずに帰ったことに関しても申し訳ありませんでしたと」

ちゃんとお父さんに報告して謝罪するなんて、誠実な隼士さんらしい。それに昨夜の私の話をちゃんと聞いて理解してくれたんだ。考える時間をくれたんだね。

「隼士さんとは話せたの？」

お母さんはお父さんと顔を見合わせた後、心配そうに私を見ながら聞いてくる。

「……少しは」

話したといっても、ただただ隼士さんの思いがけない話に驚くばかりで話し合ったとは言えないけれど。

でも両親は私の話を聞いて安心した表情を見せた。

「それならよかったわ。隼士さんの仕事が落ち着いたら、ちゃんと自分の気持ちを伝えて彼の話も聞きなさい」

「うん、わかってる」

私もどうして隼士さんが離婚を望まないのか知りたい。

朝食を済ませ、お父さんに迎えに来た秘書の車で途中まで送ると言われたけれど、断って家を出た。

「実家から出勤するの、久しぶりだな」

素性を隠すため、車での送り迎えは断って初日からずっと徒歩と電車で通勤していて、それにすっかり慣れた。結婚したことも会社には秘密にし続けている。

徒歩で駅に向かう途中、バッグの中で振動音がした。足を止めて歩道の端に寄りスマホを手に取る。

「誰だろう」

相手を確認すると隼士さんだった。

嘘、本当に隼士さん？

彼からメッセージが届くのはごく稀なこと。だからびっくりしてなかなかメッセージ画面をタップできない。

それに昨日の今日だし、隼士さんはいったいどんな内容を送ってきたのだろうか。

不安と緊張で少し震える指で画面をタップする。恐る恐るメッセージ文を目で追うと、【おはよう】とだけ書かれていた。

「え？　これだけ？」

思わず拍子抜けしてしまい、何度もメッセージ文を確認する。

隼士さんからの連絡はいつも用件がある時しかないから、本当に送り主は隼士さんなのかと疑ってしまう。

このメッセージ文に対して私はなんて返したらいいの？　普通に〝おはようございます〟？

そもそもなぜ隼士さんは私にこんなメッセージを送ってきたのだろうか。お見合いしてから結婚するまでの三カ月の間もなかったのに。

隼士さんの考えがますますわからなくなり、頭は混乱するばかり。

立ち止まったままグルグルと考え込んでいたせいで、けっこうな時間が過ぎていたことに気づき、我に返る。

「電車！」

慌ててバッグにスマホをしまって駅に向かって駆け出した。

今日は本社で月に一度の定例会議があったため、朝から支店長などたくさんの人が来社し、いつも以上に忙しい一日となった。

休憩もそこそこに午後の勤務に就いたため、隼士さんからのメッセージはずっと気にかかりながらも返信できずにいた。

「どうしよう、これ」

仕事を終えて控室で着替えを済ませ、次々と同僚が退社していく中、スマホと睨《にら》めっこしている。朝の挨拶に対してなんて返すべき？

「田辺さん、帰らないの？」

「あ、帰ります！」

頭を悩ませていると先輩に声をかけられ、急いで帰り支度を進めた。そして待っていてくれた先輩とともに控室を後にする。

「今日は大変な一日で疲れたね」

「はい、そうですね」

話をしながら廊下を進み玄関へと向かっていく途中、視線を感じ始める。

「それじゃ田辺さん、また明日」

「お疲れさまでした」

バス停へと向かう先輩を見送り、自然と小さなため息がこぼれる。

足早に歩き、会社から離れたところで足を止め勢いよく振り返ると、私の背後にいた人物は「うおっ」と驚きの声をあげた。その人物を目を薄めて睨む。

「ねぇ、会社ではあまり話しかけないでって言ってるよね？」

抗議するように言えば、幼なじみの旭はムッとなる。

「あぁ、だから俺はこうして会社を出たタイミングを見計らって声をかけようとしているんじゃないか」

反論に出た旭に対し、私はすぐに言い返す。

「会社から後をつけていたら意味がないでしょ？　また旭と変な噂をされるのは絶対に嫌だからね？」

「それはこっちの台詞《せりふ》だ！　だけど今日は仕方がないだろ⁉　董子が昨日いきなり【これから離婚届を置いて家を出る】なんてメッセージを送ってきたんだから。その後どうなったのか、メッセージを送っても返信がないなら心配するわ」

「あ……」

そうだった、幼なじみで親友でもある旭には報告しておこうと思い、家を出る前にメッセージを送っていたんだった。

「話し合い中かもしれないから、何通もメッセージを送ったり電話したりするのはまずいと思ってさ。もしかしたら今日は出勤してこないかもしれないとさえ思っていたら、普通にいるし。どういうことだよ、董子！」

「えっと……」

詰め寄られ、なにから説明したらいいのかと頭を悩ませる。

旭にメッセージを送った時は簡単に離婚できると思っていたから、成立後にすぐ事の経緯を説明しようと思っていた。

「お前ら、うまくいっていたんじゃないのか？　もしかして、今になって働くことに反対でもされたか？」

「ううん、そうじゃない」

「じゃあなんで離婚まで話が飛躍したんだよ」

周りが見えなくなり始めているのか、声が大きくなってきた旭に、ここが会社近くの歩道ということを伝えるように目配せをする。

「ちゃんと話すから、とりあえず場所を変えよう」

私の話を聞き、旭も今の状況を理解したようで「悪い」とつぶやいた。

先に歩き出した旭の後を追って向かった先はチェーンのカフェ。旭が奢《おご》ってくれた珈琲を片手に、騒がしい店内で空いている窓側の席に腰を下ろしたが落ち着かない。

「ねぇ、私が今からする話ってけっこう深刻なんだけど……」

小声で目の前に座る旭に言えば、彼は珈琲を飲みながら口を開いた。

「だからこういう場所にしたんだろ。みんな話に夢中で誰も俺たちの話なんて聞いていない。それに会社のやつらに見られたとしても、偶然帰りに会ってお茶をしていただけだって言えるじゃん」

「なるほど……」

納得した私を見て旭は珈琲カップをテーブルに置き、椅子の背もたれに体重を預けた。

「それで、どうして急に逢坂さんと離婚するってなったわけ？」

真剣な表情で私の様子をうかがう旭に、私はこれまでの隼士さんとの結婚生活や離婚を決意した経緯を事細かに説明していった。

話の最中、何度か旭は口を挟もうとしたけれどグッとこらえた様子で最後まで私の話を聞いてくれた。

そしてすべて伝え終えると、旭は盛大なため息を漏らす。

「董子の気持ちはわかった。……いつもはお前の味方になるところだけど、今回ばかりはおじさんたちと同意見だ」

「同意見って、どういう意味？」

聞き返したら旭は前のめりになって話し始めた。

「そもそも董子は逢坂さんに対して臆病になりすぎだ。どうして俺に話すみたいに自分の気持ちを言わないんだよ」

「言えなくてあたり前じゃない。誰だって好きな人には臆病になるものじゃないの？　嫌われたくないし、相手に自分のせいでつらい思いをしてほしくないもの」

私だって隼士さんを好きになって初めて知った。私の一挙一動によって嫌われそうで怖くなり、隼士さんが苦しむ姿も見たくない。

「私が好きって告白したら、隼士さんに今よりもっと距離を置かれそうで怖かったし、さくらって女性について聞いたら隼士さんを困らせるんじゃないかと不安になって、とてもじゃないけれど面と向かって言うことなんてできなかった」

「菫子……」

私の気持ちを理解してくれたのか、旭は姿勢を戻した。

「でも、離婚届を置いて家を出た後の逢坂さんの反応は予想と違ったんだろ？　だから話し合うって決めたんだよな？」

「……うん」

昨夜の彼を思い出すと戸惑うと同時に、胸が苦しくて仕方がない。

「それならちゃんと自分の気持ちをぶつけろよ。それに逢坂さんはどんな菫子でも嫌いになんて絶対にならないと思うぞ」

なぜそんな自信満々に言えるのかわからないけれど、無責任なことは言わないでほしい。

「まるで旭には隼士さんの気持ちが理解できているような言い方ね」

嫌みを込めて言ったというのに、なぜか旭は乾いた笑い声をあげた。

「そりゃー……まぁ、な」

言葉を濁して珈琲を飲む旭を見て、頭の中には疑問が浮かぶ。

「なによ、その歯切れの悪い返事は」

「いや、別に。とにかくだな、お前は一刻も早く逢坂さんに自分の気持ちを……」

私に向かって人さし指を立てて説教が始まるかと思いきや、途中で話を止め、急に窓の外を見て顔を真っ青にさせた。

「いいか？　俺はただ、お前の相談に乗ってやっていただけだからな」

「なにあたり前なことを言ってるの？」

私がそう言った直後、いつの間にかすぐ隣に人が立っていて驚く。

「では俺が菫子を連れていっても問題はないな？」

「えっ？」

どこか怒りを含んだ聞き慣れた声に、耳を疑った。

嘘、もしかして隣にいるのって……。

胸を高鳴らせながらゆっくりと目線を上げていく。すると不機嫌そうな隼士さんと目が合った。

どうして隼士さんがここに？

突然現れた彼にパニックになる中、旭は「もちろんです。それじゃ俺はこれで失礼します」なんて言いながら席を立ち、逃げるように去っていく。

「あっ……！」

思わず立ち上がった瞬間、隼士さんに腕を掴まれた。目が合った彼は眉間にしわを刻む。その表情からは隼士さんがなにを考えているのかわからなくて不安が募る。

そもそもなぜ彼がここにいるのだろうか。いつもだったらまだ仕事をしている時間だよね？　まさか私を迎えに来てくれたとか？

ううん、そんなわけがない。今まで一度も迎えに来てくれなかったもの。それじゃどうして？

疑問から疑問が生まれる中、隼士さんは私のバッグを手に取った。

「行こう」

「えっ？　あっ」

強く手を握って引かれ、隼士さんは大股で歩を進めていくものだから私はついていくのがやっとだ。

隼士さんはそのまま近くの駐車場に入り、彼の愛車である黒のスポーツカーの前で足を止めた。そして助手席のドアを開けると私に乗るように促す。

どうしよう、隼士さんと話をしなくちゃと思ってはいたけれど、急すぎてまだ心の準備ができていない。……でも。

チラッと彼を見れば、後部座席のドアを開けて私の荷物をのせた。

これは乗りたくないと言えない雰囲気だ。それになんとなく隼士さんが怒っていると思うのは気のせいだろうか？

でも怒る原因がわからない。……いや、原因ならある。今朝のメッセージに返信しなかったから？　だけど内容的にここまで怒ることではない気がする。

それじゃなぜこんなにも隼士さんは不機嫌なのだろうか。

考えれば考えるほどわからなくなるものの、いつまでも乗らない私に対して痺《しび》れを切らしたのか「乗って」と言われ、慌てて助手席に乗り込んだ。

車内には隼士さんが好きなジャズの音楽が流れているが、重苦しい空気を感じて居心地が悪くてたまらない。

チラッと運転する彼の横顔を盗み見る。いつもと変わらず無表情だけれど、やはり苛立っている様子。

一年間一緒に暮らしていたからだろうか。最初の頃は気づかなかった彼の表情の変化に気づけるようになってきた。

もちろん完全にわかるわけではないけれど、なんとなく疲れている、落ち込んでいる、喜んでいる……など表情から読み取れる。

でもこんなふうに怒っていると感じるのは初めてだ。だからこそ余計に戸惑う。

そうこうしているうちに窓の外の景色に目を向けると、マンションの地下駐車場に入るところだった。

隼士さんは車を止め、突然こちらに身を乗り出した。一気に彼との距離が縮まり心臓が飛び跳ねる。どうやら後部座席に置いた私の荷物を取ってくれたようで、すぐに姿勢を戻して運転席から降りた。

び、っくりした。さっき、手を掴まれた時もだけれど、今までなかったからいちいち心臓が止まりそうなほどびっくりしてしまう。

まだ高鳴ったままの胸の鼓動を必死に鎮めていると、助手席のドアが開いた。顔を上げると同時に、隼士さんの大きな手が再び私の手を掴む。

車から降りて声を絞り出すが、隼士さんは無言のまま車を施錠して私の手を握ったまま歩き出す。

やっぱり隼士さん怒っているよね？

疑惑が確信に変わっていく。

常駐しているコンシェルジュは私たちを見て丁寧に頭を下げ、「おかえりなさいませ」と声をかけてくれたのに、隼士さんは答えず足早に通り過ぎていく。

エレベーターの中でも彼はいっさい言葉を発しなかったが、決して私の手を離さなくてなかなか胸の高鳴りが収まらない。

最上階に着き、ドアが開くと同時に隼士さんは足早に部屋へと向かう。そして鍵を開けると先に私を家の中に入れた。

そこで手が離され、私はゆっくりと目線を上げていく。

「隼士さん……？」

恐る恐る名前を口にして目が合った隼士さんは、悲しげに瞳を揺らした。彼のこんなに切なそうな表情を見るのも初めてで戸惑う。

するとと彼の大きな手が私の頬を優しく包み込んだ。

な、なに？　本当に隼士さんってばいったいどうしちゃったの？

彼の端正な顔が目と鼻の先にあって、それだけでもいっぱいいっぱいだというのに、さらに隼士さんはジーッと私を見つめてくるものだからたまらない。

こんな間近で見られたら恥ずかしくて死んじゃいそうなのに、なぜか目を逸らせなくなる。

次第に頬が熱くなり、鏡を見なくても自分の顔が赤いとわかり始めた頃、私を見て隼士さんは不思議なものでも見るかのような顔つきになる。

「どうしてこんなに顔が熱いんだ？」

「どうしてって……！　頬に触れられてこんな至近距離で見つめられたらドキドキするに決まっています！」

思わず本音を漏らした直後、隼士さんは信じられないと言いたそうに目を見開く。

「ドキドキするって、菫子が俺に？」

自分で言ったのに、いざ本人の口から言われると居たたまれなくなる。でも私の真意を探るような目で見つめられたら嘘などつけるわけもなく、私はゆっくりと首を縦に振った。

するとよほど予想外だったのか、隼士さんは「嘘だろ？」とつぶやいて続けた。

「菫子は俺が嫌いじゃないのか？」

「どうしてですか？」

私、隼士さんに嫌いだなんて一度も言っていないのに。もしかして隼士さんはずっと私に嫌われていると思っていたの？

「違います！……嫌いだったら結婚するわけないじゃないですか」

ずるいとわかっていても、自分の本当の気持ちは言えそうにない。だって、好きだって言ったら困らせてしまうかもしれないもの。

それでも隼士さんに誤解されたままでは嫌で、嫌いじゃないと今言える精いっぱいの気持ちを伝えた。

「……本当に？」

いまだに信じられないようで確認してきた隼士さんに「本当です」とすぐに言ったら、頬に触れていた手は優しく髪をなでた。

ぎこちない手つきがくすぐったくて身をよじる私に、隼士さんは「これは嫌じゃないか？」と確認してくる。

「……嫌じゃないです」

むしろ彼に触れてもらえてうれしくてたまらない。

幸せな気持ちが前面に出てしまいそうで、必死にうれしさをかみ砕く。

少しして大きな手が離れて寂しさを覚えたのもつかの間、ためらいがちに優しく抱きしめられた。

「えっ……隼士さん？」

自分の身に起こったことだというのに理解が追いつかず、頭の中が真っ白になる。だけど体中に感じる彼のぬくもりに、ゆっくりと隼士さんに抱きしめられているのだと実感した。

どうして隼士さんは急に私を抱きしめてきたの？

今の状況を理解できても心が追いついてこない。ずっと〝なぜ〟が頭の中を駆け巡る。

「これも嫌じゃないだろうか」

いつになく不安げな声で聞かれて、「は、はい」と声を上擦らせながらも答えたら、隼士さんは私を抱きしめる腕の力を強めた。

「そうか、嫌じゃないのか」

彼は私を抱きしめたまま、まるで自分に言い聞かせるようにつぶやいた。

どうしよう、さっきとは比じゃないほど心臓がバクバクしてる。これ、絶対に隼士さんにバレちゃっているよね？

そう思えば思うほど胸の鼓動の速さが増していく。

どれくらいの時間、抱きしめられていただろうか。隼士さんは小さく息を吐いて、ゆっくりと私の体を離した。

そして再び私の頬を包み込み、ジッと見つめてくる。

さっきよりも顔が熱いと自覚しながらも目を逸らせずにいると、彼は目を細めた。

「嫌じゃないなら、もう遠慮はしない」

「え……」

遠慮しないってなにに対して？

言いたいことがわからなくて目を瞬かせる私の頬に、彼はキスを落とした。

「わっ⁉」

頬とはいえ、結婚式以来のキスにびっくりして色気のない声をあげてしまった。

とっさに頬を手で押さえながら隼士さんを見たら、まるでいたずらに成功した少年のように笑っていた。

もちろんこんな顔も見るのは初めてで声が出ない。

「菫子がここに帰ってきたいって思えるまで待つ。……とはいえ、あまり長くは待てそうにないから、今日みたいに会いに行くよ。だから覚悟して」

「えっ？　……えっ？」

目の前にいるのは本当に隼士さん？　それになぜこんなにも彼は私との離婚を望まないの？

肝心なことを聞きたいのに、いつもと違う隼士さんに戸惑い、言葉が出てこない。

どうやら隼士さんは、打ち合わせ帰りにたまたま私と旭を目撃したようだ。彼は仕事が残っているから会社に戻らないといけないらしい。

そして結局「実家まで送るよ」と言われた後、返事をするだけで精いっぱいで、帰りの車の中でも私はなにも言えなかった。

次の日の夜。隼士さんとの結婚が決まってから通い始めた料理教室を訪れていた。

「もう、どうして菫子ちゃんってばそこで『私と離婚したくないなら、さくらって女と縁を切って』って言わなかったの⁉」

同い年の住井《すみい》聖歌《せいか》ちゃんは、卵を溶きながら不満そうな顔をする。

「そんなの言えるわけないじゃない。……隼士さんはさくらって人との関係を隠したいはずだし」

「どうして？　だって向こうは浮気しているんでしょ？　董子ちゃんには責める権利があるのに」

文句を言う彼女は身長一六五センチの長身で、スラッとした体形をしており美人という言葉がぴったりの綺麗な出で立ちだ。父親が牧師で、その父の教えなのか誰に対しても平等で優しいが、曲がったことが大嫌い。

料理教室で偶然同じグループになり、話をしているうちに彼女が春日井メーカーで働いていると知って、そこから一気に距離が縮まった。

聖歌ちゃんは裏表がなく、私にひとりの人間として接してくれる。出会って一年と少しだけれど、今では本音で話せる数少ない友人となっていた。

「それに旦那さんは会社のために董子ちゃんとの結婚生活を続けたいんでしょ？　それって最低だよ。結婚したからには一生を相手に捧《ささ》げるものなのに」

聖歌ちゃんにとって結婚は神聖なもの。愛を誓い合った相手を生涯にわたって大切にする。それが結婚だとわかってはいるけれど、私と隼士さんの場合は違う。愛のない政略結婚だったのだから。

しかし聖歌ちゃんに言わせれば、きっかけはどうであれ結婚したからには相手に忠誠を誓うべきだという。

「ほかに愛する人がいるなら婚姻関係を続けるべきじゃないわ。菫子ちゃんだって愛されないのが嫌だから離婚したいって言ってたもんね」

「……うん」

どんなに想い続けても相手に届かない恋心を抱き続ける虚しさを覚え、だから彼と離れる決心をした。

「だったら事実を突きつけて、自分の気持ちもしっかり伝えるべきだと思うわ。菫子ちゃんはずっと旦那さんが好きだったんでしょ？　愛のない結婚でもそばにいられるだけでいいって思うほど愛していたのに、向こうは愛情を抱いてくれるどころか、家庭を顧みないし、さらには浮気をするなんてっ……！　絶対に許せない。制裁を与えずに離婚なんてしたらだめ！」

感情が高ぶり、聖歌ちゃんの声が徐々に大きくなっていき、いつの間にかほかの生徒さんから注目を集めてしまっていた。

「ちょ、ちょっと聖歌ちゃん落ち着いて」

周りから「離婚ってどういうこと？」「あの子、浮気されているの？」「最低な旦那さんね」なんて声がチラチラ聞こえてきて、非常に居たたまれない。

私の声で聖歌ちゃんは我に返ったようで、周りの目に気づき「ごめん」と小声で謝った。

「と、とにかく。旦那さんの思い通りにさせたらだめだからね？　……旦那さん、菫子ちゃんの恋心を利用して自分の都合のいいように仕向けているように思えて、嫌い」

ボソッと付け足すように言われたひと言に、苦笑いしてしまう。

でもそれが事実なのだろう。現に私は昨日だって隼士さんの言動に心を乱され、ドキドキしたのだから。

昨夜を思い出すと、いまだに頬が熱くなる。彼には好きな人がいるとわかっても、そう簡単に気持ちは消えてくれない証拠だ。

「なにより菫子ちゃんはこんなにかわいくて優しくて、思いやりがあるいい子なんだから、旦那さんには勿体ない！　早く離婚して運命の人と出会うべきよ」

運命の人、か。隼士さんは私の運命の人だと思っていたけれど違ったのだから、聖歌ちゃんの言う通りきっとほかにいるはず。

それなのに、もう彼以上に好きになれる人とは出会えない気がして怖くなる。

「私はずっと菫子ちゃんの味方だからね？　ううん、私だけじゃないでしょ？　家族だって菫子ちゃんの味方だからね。だから臆病にならずに旦那さんにぶつけるべき！」

昨夜はびっくりしちゃって隼士さんになにも言えなかったし、聞くこともできなかった。だから今度会った時こそ彼の本音を聞きたい。……さくらって人についても聞いてもいいよね。だって聞かなければ話が進まないもの。

「そうだね。ありがとう、聖歌ちゃん。次に会ったら隼士さんとちゃんと向き合ってくる」

「がんばって」

「うん」

想う人がいるというのにかたくなに私と離婚したがらない理由も、どうして昨夜はあんなふうに私に触れたのかも、すべて彼の口から聞きたい。

だから近いうちに私から隼士さんに会いに行こう――そう思っていたのに。

次の日の夜、仕事が終わって実家に帰宅するとそこには彼がいて、「さっそく会いに来た」と笑顔で私を出迎えたのだった。

『理想の夫になるために　隼士ＳＩＤＥ』

きっと董子は、俺との初めての出会いは自分の勤め先で俺に助けられた瞬間だと思っているだろう。

だけど実際は違う。俺はもうずっと前から董子を想い続けている。

董子と結婚して一周年記念日。どうにか仕事を終わらせて閉店間近の花屋に駆け込み、バラの花束を買って帰宅した俺を待っていたのは董子ではなく、離婚届と董子の結婚指輪だった。

「どういうことだ？　これは」

現実感がなく、夢ではないかとさえ思う。しかし部屋の中を見回せば、董子と一年間にわたって生活をした部屋で間違いなく、今が夢ではないと理解できる。

離婚届は董子が記入する欄が埋められていて、あとは俺が記入すればいいだけとなっていた。その字は董子のもので、彼女が書いたもの。つまり董子は俺との離婚を望んでいる？

結論にたどり着いた瞬間、手の力が抜けてバラの花束が床に落ちる。

菫子に好かれたい一心で、俺は理想の夫になるために努力してきたはず。だけどすべて間違いだったのか？

これまでの自分の言動はすべて正しいと信じて疑わなかったが、菫子がいなくなり不安に襲われる。

そもそも理想の夫とはなんだろうか。今の俺ではないのか？

自問自答を繰り返しながら、昔の記憶が蘇ってくる。

＊＊＊

『いいか？　隼士。男は生涯仕事に命を捧げ、そうして家族を守るんだ』

幼い頃から父に聞かされ続けてきた言葉。まだ小さい俺から見て、朝早くから夜遅くまで働く父がカッコよく思えて、俺にとって父はヒーローだった。

母にも『お父さんのおかげで私と隼士は、こうして幸せに暮らせているのよ』と言われており、仕事に生きるのが大切な人を守る術だと信じて疑わなかった。

もちろん寂しさもあった。父は家にほとんどいなかったし、母も病弱で学校行事には家政婦が代わりに来てくれていたから。

でもそんな思いを両親に打ち明けられず、俺はいつも平気なふりを続けていた。いつしか両親にはなにも言えなくなり、自分の感情を表に出すのが苦手になっていった。

そして月日は流れ、十歳のある日曜日のこと。

この頃から俺は、父に連れられて次期後継者として社交の場に顔を出すようになっていた。

その日は会社の創設を祝うパーティーで、大勢の人の前で挨拶をするという大役を任されており、何度も練習を重ねてきた大事な日でもあった。

しかし、そんな大事だからこそ前日の夜、遅くまで練習していたせいか風邪をひいてしまい、朝から体がだるかった。

誰にも気づかれないように体温計で測ったら三八度近い高熱で、目を疑った。

「どうりでつらいと思ったわけだ」

よく周りからは十歳には思えないほど大人びていると言われていたが、実際に高熱を出しても妙に落ち着いている自分がいて、それがなんだかおかしくて笑える。

普通は親に真っ先に助けを求めに行き、看病してもらうところ。でも俺にはそれができず、冷たい水で顔を洗った。

鏡に映る自分を見て、気合いを入れる。

大切な日に体調を崩すなんてあり得ない。きっと父にも失望されてしまう。だったらバレないように振る舞えばいい。

その結論に至り、俺は普段通りに起きてきた両親に挨拶をして朝食をともにした。

「それじゃ隼士、時間になったら秘書を迎えによこすから向こうで会おう」

「はい、お父さん」

玄関先で母とともに父を見送る。

「隼士、母さんは一緒に行けなくてごめんなさいね」

申し訳なさそうに謝る母を笑顔にしたくて、俺は平気な顔で答えた。

「大丈夫です。お父さんが一緒にいてくれますから」

「……そう、ね。隼士はなんでもできる子だし、母さんが心配する必要はないわね」

なぜか泣きそうな顔で言うと、母はそっと俺の髪をなでた。

そうされるのはいつぶりだろうか。体はつらいのに、まるで万病に効く薬のように回復したよう。

「時間までゆっくりしていなさい。悪いけど母さん横になっているわ」

「はい、わかりました」

寝室に向かう母の背中を見送っていると、途中で大きく咳《せ》き込んでいた。

母は生まれつき心臓が悪く病弱だったそう。よく風邪をひいていたと聞いている。良家に生まれた母は、後継者を産めない体かもしれず、いい嫁ぎ先は見つからないかもしれないと思っていたらしい。

しかし父は見合いの席で母を見初め、娶《めと》ったという。

そんな父のために、母は自分の命に代えてでもという思いで俺を出産した。医師から出産は勧められない、産むとしてもひとりが限界だと言われていたという。

そのたったひとりの子どもが無事に後継者になれる男子で、母は涙が止まらなかったらしい。

そんな話を家政婦たちが話しているのを盗み聞きしてから、俺はますます両親のためにも理想の息子、後継者になるべく努力を惜しまなかった。

だからこそ今日も絶対に失敗は許されないんだ。

昼食をひとりで食べた後、父の秘書が迎えに来るまでの時間、寝れば治るだろうと考えてベッドに横になった。

幸いにも熱は少し下がり、だるさもなくなった。これならパーティーを乗り越えられると安堵《あんど》し、家政婦に着替えを手伝ってもらいスーツに身を包んだ俺は、秘書の運転する車で会場である都内のホテルへと向かった。

そこは世界的にも有名なラグジュアリーなホテルで、最上階にある大広間はすでに多くの来客であふれていた。

これまでにも何度か父とともにパーティーに出席してきたが、これほど大規模なパーティーは初めてで怖気づいてしまう。

それに車に揺られている間に再び熱が上がったようで、体中が火照っている。今になって気持ち悪くもなってきた。

「隼士様？　顔色が優れないようですが大丈夫ですか？」

一緒に会場に入った秘書に心配そうに聞かれ、慌てて表情を引きしめた。

「大丈夫です。少し緊張してしまって。すみません、ちょっとトイレに行ってきてもいいですか？」

「もちろんです。社長にはお伝えしておきます。お戻りになりましたらステージ横までお越しください」

「……はい、わかりました」

そうだ、今日俺は会場にいるこの大勢の人の前でステージに立ち、挨拶をしなくてはいけないんだ。体調が悪いなんて絶対に言えない。

家政婦や母に気づかれたくなくて、無理していつも以上に昼食を食べたのがいけなかったのかもしれない。

強い吐き気に襲われ、急いでトイレに駆け込んだ。

戻したらすっきりはしたけれど、熱はさらに上がったような気がする。体が思うように動かず、うがいをしてトイレを出たら廊下のソファに腰を下ろした。

背もたれに体重を預け、目を開けているのもつらくて閉じた。

早く戻らなくては変に思われるとわかっているのに、体が動いてくれない。

「だめだ、早く行かないと。……そこでちゃんと父さんの後継者として立派に挨拶をするんだ」

言葉に出してそう自分に言い聞かせていた時。

「大丈夫？」

心配そうな声がして目を開けると、ピンクの愛らしいドレスを着た小さな女の子がジッと俺を見つめていた。

「お兄ちゃん、どこか痛いの？」

「え？　あ、えっと……」

突然見知らぬ女の子に声をかけられ、困惑する。

そもそもひとりっ子だからか、自分より小さい子とどうやって接したらいいのかがわからない。

言葉に詰まってなにも言えずにいると、急に女の子はハッとして口を開いた。

「ごめんね、知らない人に声をかけられたら答えちゃだめだってママに言われたんだよね。私はね、春日井菫子っていうの。五歳よ。これで知らない人じゃなくなったね」

そう言って満面の笑みを浮かべた彼女に、胸の奥がギュッと締めつけられて苦しくなる。

「お兄ちゃん、もうしゃべっても大丈夫だよー」

どうやらこの子は親の『知らない人に声をかけられたら答えてはだめ』という言いつけをしっかりと守っているようだ。

偉いと思うと同時にそれが愛らしくて頬が緩む。それに不思議と彼女の声を聞いていると気持ち悪さが薄まっていく気がする。

「それでお兄ちゃん、大丈夫なの？」

「あ、うん。……大丈夫だよ」

小さい子に心配されるなんて情けないな。

平気なふりをしてゆっくりと立ち上がる。しかし女の子は俺の前からどこうとしない。そして鋭い目を向けてきた。

「お兄ちゃん、嘘ついちゃだめだよ」

「え？」

するると女の子は人さし指を立てて続ける。

「痛いのに我慢したらママに怒られるよ。私もね、遊園地に行きたくて足が痛いのを内緒にしていたら、ママにすっごく怒られたの。パパとママにだけは嘘をついちゃいけないんだよ。お兄ちゃんもどこか痛いんでしょ？　だったら早くパパかママに言わないと」

そう言って女の子は俺の手を掴み、どこにいるかわからない俺の両親を捜し始めた。

「お兄ちゃんのパパとママ、どこにいますかー」

「ちょ、ちょっと待って」

幸い廊下には誰もいないとはいえ、こんなところ誰かに見られたら恥ずかしすぎる。

俺の声に女の子は足を止めて、得意げに話しだした。

「大丈夫だよ、お兄ちゃん。私も一緒に怒られてあげる」

「いや、そうじゃなくて俺なら平気だから。どこも痛くないんだ」

どうにかわかってほしくて説明していると、急激な吐き気に襲われて口を手で覆った。それを見た女の子は心配そうに俺の顔を覗き込んでくる。

「お兄ちゃん、どうしたの？」

「ごめん、大丈夫だから」

とは言うものの、今すぐにトイレに駆け込みたいくらい気持ち悪い。

「キミこそこんなところにひとりでいて大丈夫なの？　パパとママが心配しているんじゃない？」

「大丈夫だよー、パパとママが迷子になっているからね、私はここで待ってあげているんだ」

笑顔で言う女の子の言葉に目を瞬かせてしまう。

つまりこの子が迷子になっていて、きっとご両親は捜しているんだよな？

すぐに会場に戻ってスタッフに事情を説明したいところだが、気分が悪くてまだしばらくは動けそうにない。吐き気さえなければ動けるというのに。

少しでもよくなれば……と、胃の辺りを手でさすっていると、急に女の子は背伸びして俺の頭をポンポンとなでた。

「痛いの痛いの、飛んでいけ～！」

びっくりして彼女を見たら、屈託のない笑顔で俺を見つめていた。

「お兄ちゃんの痛いの、全部飛んでいった？」

「え？　あ、うん。飛んでいったよ」

合わせて言えば、今度は俺の手をギュッと握りしめた。

「じゃあ今度は勇気が出るおまじないだよ。……お兄ちゃんがちゃんとパパとママに痛いって言えますように」

目をつむって必死に祈る姿に、胸が熱くなる。

どうしてこの子は初めて会った俺に、こんなにも優しくしてくれるのだろうか。

「それとお兄ちゃんが優斗みたいに、ママにワガママを言えますように」

「優斗？」

初めて聞く名前をオウム返ししたら、女の子は「優斗は私の弟なんだけどね、すっごいワガママなの！」と怒った顔で言いだした。

「でもね、ママが私も優斗みたいにワガママ言ってもいいって言ってたの。子どもはね、み〜んなワガママ言っていいんだって。だからお兄ちゃんもいい子でいなくてもいいんだよ？」

なんだろう、このなんでも見透かされているような気持ちは。

いや、この子はただ純粋に言ってくれただけで、俺の事情なんてなにも知らないはず。それなのになぜか、この子は俺の気持ちをわかってくれているような、そんな気がしてしまう。

「本当にワガママを言ってもいいのかな？」

自分でもどうして聞いたのかわからない。でもこの子なら俺が欲しい言葉をくれる気がしたんだ。

その思いで尋ねると、女の子はすぐに答えてくれた。

「もちろんだよ。パパもママも許してくれるよ」

なんの根拠もないというのに、この子に言われると本当に許してもらえるような気がしてくるから不思議だ。

体の力が抜けてその場にしゃがみ込むと、すぐに女の子も俺の隣に腰を下ろした。

「お兄ちゃん、大丈夫？」

「うん、大丈夫。でも、やっぱりこれから挨拶をするのは無理かな」

よく考えれば、無理して失敗したほうが父の迷惑になる。それなら体調が悪いと素直に言って、挨拶をせずに帰ったほうがいいのかもしれない。

「挨拶？　挨拶って〝先生、おはようございます〟？　それとも〝先生、さようなら〟？」

小首をかしげて言う女の子にクスリと笑みがこぼれる。

どうやらこの子が通っている幼稚園では、朝と帰りにそんな挨拶をするようだ。

「そんな感じ。みんなの前で名前を言ってほかにもいろいろなことを話すはずだったんだけど、熱があるし気持ち悪くて無理そう」

ポロッと弱音を口にした途端、女の子は急にアワアワしだした。

「えっ！　お兄ちゃん熱があるの⁉　大変！　早くおうちに帰らなくちゃ！　あ、その前にお医者さんに注射してもらわないとだめだよ。痛いけど我慢してね。それに苦いお薬もだね。……うぅ、お兄ちゃんかわいそう」

なぜか泣きそうになりながら話す女の子に頬が緩む。

「そうだね、早くおうちに帰って痛い注射も苦いお薬も我慢して治さないと」

「がんばってね、お兄ちゃん」

拳をギュッと握りしめて応援する彼女が愛らしくて、そっと頭をなでた。

「ありがとう」

素直な気持ちが口をついて出た瞬間、女の子は満面の笑みを見せた。

「えへへ」

幸せそうに笑う姿に俺まで温かい気持ちでいっぱいになる。こんなことは初めてだ。

名残惜しく思いながら女の子の頭をなでる手を止める。挨拶をせずに家に帰ると決めたからだろうか、ますます体はつらくなってきた。

一度落ち着かせるようにうつむき、大きく深呼吸をした時。

「どうしたんだ、隼士」

心配するような声が聞こえて顔を上げれば、父が慌てた様子で駆け寄ってきた。

「お父さん……？」

父のこんなに焦った姿を見るのは初めてで、座り込んだままボーッと見つめた。

父は俺の前で膝を折って、心配そうに顔を覗き込んでくる。

「秘書にトイレに行くと報告を受けてからずいぶんと経つというのに、なかなか戻ってこないから心配したぞ。どこか具合でも悪いのか？」

「あ、えっと……」

父が俺を心配してくれるなんて夢にも思わず、なんて答えたらいいのかわからなくなる。すると隣にいる女の子が俺の手をギュッと握った。

「お兄ちゃん、がんばって！」

女の子にエールを送られ、俺は意を決して素直に打ち明けた。

「ごめんなさい。実は朝から熱があって体調が悪かったんです」

俺の話を聞き、父は目を丸くさせた。

怒られるだろうか。それともがっかりしたと言われる？

マイナスばかりが頭に浮かぶ中、いきなり抱き上げられた。

「えっ？」

とっさに首に腕を回してしがみつくと、父は優しく俺の背中をなでた。

「朝、顔を合わせたというのに体調不良に気づいてあげられなくて悪かった。だけどすぐには帰れないんだ、ごめんな。できるだけ早く終わらせるから休んでいなさい」

「え、でも、挨拶はいいんですか？」

不安になって聞くと、父は悲しげに眉尻を下げた。

「こんなに体が熱いんだ。相当熱が高いだろう。……子どもが体調を崩しているのに、無理させる親がどこにいる。お前が気にすることじゃない。……本当に悪かったな」

優しい言葉をささやきながら何度も背中をなでられ、目頭が熱くなっていく。

「これから体調が悪い時はすぐに言いなさい」

「……は、い」

涙で視界がぼやけ、俺はギュッと父に抱きついた。

「ふふ、お兄ちゃんよかったね」

下のほうから声が聞こえてきて、女の子の存在を思い出した。

「あれ？　キミはたしか……」

父がそう言いかけた時、「菫子！」と遠くから彼女の名前を呼ぶ声が聞こえてきた。

「パパだー！　もう、パパってばどこに行っていたの⁉」

自分が迷子になったとは一ミリも思っていないようで、女の子は捜しに来た父親を怒りだした。

「まったくうちのお姫様は……」

あきれたように言いながらも、彼女の父親は安心した様子で女の子を抱き上げる。

「やはりお前の娘だったか、春日井」

「あぁ。もしかしてうちの菫子が迷惑をかけたか？」

慌てる父親に対して俺はすぐに「いいえ、助けてもらったのは俺です」と伝えた。

俺のせいでこの子が怒られるのは嫌だ。

思わず大きな声で言った俺に、父も彼女の父親も目を見開く。そしてジッと俺を見てくるものだから居たたまれなくなり、父の肩に顔をうずめた。

「そうなの、私がお兄ちゃんを助けてあげたんだよ。あ、お兄ちゃんのパパ！　早くお兄ちゃんをねんねさせてあげて。お兄ちゃん、すごく痛いんだって」

最後まで俺の心配をしてくれる女の子に、再び目頭が熱くなる。

「そうか、ありがとう菫子ちゃん。……すまないな、春日井。また今度ゆっくり話をしよう」

「あぁ、早く隼士君を休ませてやれ」

ふたりが言葉を交わした後、女の子は俺に向かって笑顔で手を振った。

「お兄ちゃん、またね」

「あ……うん、ありがとう」

照れくささを感じながらお礼を伝えたら女の子はうれしそうに笑うものだから、胸が痛いほど苦しくなる。

父に抱き上げられたまま、俺はいつまでも手を振り続ける女の子を目に焼きつけた。

それから父は秘書に俺を託し、再びパーティー会場へと戻っていった。

待っている間、父が手配してくれた医師の診察を受け、点滴治療を受け終わる頃に戻ってきた父とともに家路に就いた。

車内で俺は気になっていたことを父に聞いてみた。

「お父さん、あの子を知っているんですか？」

「あぁ。菫子ちゃんのお父さんとは、友達なんだ」

「友達……」

じゃあもしかしたらまたあの子、菫子ちゃんに会えるのかもしれない。

秘書が運転する車が道路を進む中、父は心配そうに俺の様子をうかがう。

「車の揺れは大丈夫か？」

「うん、平気です」

点滴のおかげか、さっきほどの気持ち悪さはない。

「それならよかった。しかし往診を頼んでおいたから医者に診てもらおう」

「はい。……お父さん」

「ん？　どうした？」

優しい声で聞き返してきた父に、俺は「今日はごめんなさい」と謝った。

「なぜ謝る？」

父は怪訝《けげん》そうに俺を見る。

「だって後継者としてはだめだったでしょ？」

今日は大切な日だったのに、しっかりと挨拶できなかったのだから。

しかし父の考えは違うようで、大きく首を横に振った。

「だめじゃないさ。どうやら私はお前に日頃、後継者としてのプレッシャーを与えすぎていたようだな」

深いため息を漏らして父は続けた。

「いいか？　隼士。私はお前に誰にもうしろ指を指されない立派な後継者になってほしいと思ってはいるが、それ以上にお前を大切に思っている。無理などしてほしくないし、つらい時はつらいと言ってほしい。……もし、お前が私の後を継ぐのを望まないのなら、好きに生きたっていいんだ」

信じられない話にびっくりして声が出ない。父は俺に会社を継いでほしいんじゃないのだろうか。

目を白黒させる俺に父は苦笑いする。

「お前があまりに熱心に勉学に励むから、会社を継ぐものだとばかり思っていたが、よく考えたら隼士の口からはっきりと聞いたわけではなかったな。いや、まだ十歳だ。なにをやりたいかもわからない年頃だったのに、あまりにお前が立派な子に育っているから安心しきってしまっていた」

ひと呼吸置き、父はそっと俺の頭に触れた。

「体調がよくなったら、今の隼士は将来をどう考えているのか聞かせてくれ。決まっていないなら一緒に考えさせてほしい。……少しは父親らしいことをさせてくれ」

「お父さん……」

いつも仕事ひと筋の父を誇らしく思っていた。だけど俺の本音は違ったのかもしれない。本当はこんなふうに優しく触れてほしかったんだ。

熱のせいもあってか、俺は声をあげて泣いた。そんな俺を父は抱きしめてくれたものだから、家に着くまで涙が止まらず、出迎えた母たちを驚かせてしまった。

処方された薬もしっかりと飲んだおかげで、次の日には熱が下がった。

そうすると昨夜の自分を冷静に思い出し、大泣きしたことが恥ずかしくなる。でもそれと同時に幸せな気持ちでいっぱいだった。

いつも忙しい父が心配してくれて、看病をしたいと言う母に俺の風邪が移ったら大変だからと、代わりに父が付き添ってくれていた。それがどんなにうれしかったか。

「あの子の言う通りだった」

父は怒らなかったし、心配してくれて、それに俺を大切に思っているのだと伝わってきた。きっとこの先、どんなに父の仕事が忙しくなっても寂しく思わないだろう。

寝返りを打って目を閉じると、彼女の笑顔が浮かぶ。

「また会いたいな」

父と彼女のお父さんは友達だって言っていたし、きっとまた会えるはず。

そのためにも早く風邪を治そうと眠りに就いた。


それから俺と父の関係は大きく変わった。

父は俺の将来のことを一緒に考え、さまざまな道があることを教えてくれた。ゆっくり自分の未来を決めればいいという父の言葉通り、自分の将来について考えた。

その上でやっぱり俺は会社を継ぎたいという思いが強く、高校から大学まで海外の学校で一流の教育を受け、経営者になるべくたくさんの努力を重ねていった。

そして菫子との関係はというと、あれ以降言葉を交わすことはなかった。

それでも彼女に対する想いは強くなり、これが恋だと気づいた時には好きという気持ちが大きくなっていた。

海外の高校への進学を決めた理由は、経営者として多くのことを学ぶためであったが、彼女を幸せにできる男になりたいという強い思いもあった。

初めは慣れない場所での生活に戸惑い、不安もあった。しかしともに学ぶ友人ができ、生活にも慣れてくると充実した日々を送ることができていた。

大学へ進学してからは将来を見すえて、長期休暇中に一時帰国した際は父とともに取引先へ挨拶に回ったり、パーティーへ参加したりするようになった。

大学三年目の夏も例年通りに帰国し、父が招待されたレセプションに参加中、十六歳になった菫子を偶然見かけた。

幼さが残るも愛らしい笑顔はそのままで、何度も気づかれないように見つめるばかりだった。まだ彼女にふさわしい男になれていないという気持ちがあり、声をかけることができなかった。

それに菫子も俺の存在にはまったく気づいていなかった。彼女の隣には仲睦まじく話す男がおり、初めて醜い感情を抱いて、それほど自分は彼女に惹かれているのだと痛感させられた。

後になって、菫子と一緒にいた男は幼なじみの月森旭だと知った。周囲もふたりの関係を疑っていたようだが、本人たちは一貫して幼なじみだと主張しているようで安心した。

しかし人の心はいつ変わるかわからない。これまで意識していなかった幼なじみを突然好きになる可能性も捨てきれず、俺はいっそう精進しようと誓った。

そして日本を発つ一週間前の夜。この日も父に連れられて新商品発表会に出席していた。

ひと通り挨拶を終えた頃、辺りを見回す父にどうしたのかと尋ねたら、残念そうに答えた。

「いや、お前に紹介したいと思っていた春日井の姿がなくてな。今夜は早めに切り上げると言っていたし、もう帰ってしまったようだ」

「春日井？」

「あぁ。春日井メーカーだ。今後、ビジネスのつながりを強化したいと考えていてな、お前に紹介したかった」

「そうだったんだ」

春日井メーカーは菫子の父親が経営する会社だ。旧知の仲だと言っていたし、近い将来、本格的に新たなプロジェクトが動き始めるかもしれない。

「そういえば隼士がまだ小さい頃、春日井に会ったことがあったが、覚えているか？」

「……ちょっと覚えていないな」

もし覚えていると答えたら、きっと菫子の話題も出してくるはず。そうなれば俺は平静を装うことができなくなりそうで嘘をついてしまった。

「そうか、覚えていないか。まぁ、大学を卒業したらいくらでも顔を合わせる機会はあるだろう」

ちょうど取引先の社長から声をかけられ、話はそこで終わった。その後も次々と挨拶を済ませ、俺は着々と人脈を広げていった。

長期休暇が明けるといっそう勉学に励み、大学を卒業した後には帰国して逢坂食品に入社して働くための準備を進めた。

好成績を残して卒業することができた大学では、多くの友人と出会うことができ、たくさんのことを学べたと思う。

実績により自信も得て、それは入社して仕事を覚えていく過程で強くなっていった。

そして逢坂食品で働き始めて五年が経った頃。多くの仕事に携わっていく中で、今の俺なら彼女にふさわしい男になれたのではないのかと思うようになっていった。

それと同時に結婚適齢期ということもあって、営業先で縁談話を持ちかけられる機会も増えた。

相手の機嫌を損ねないようにやんわりと受け流していたが、もしかしたら菫子にも縁談話が上がっているかもしれないと思うと、気が気ではなくなる。

「最近、お前の噂をよく耳にするよ。がんばっているようだが、なにか目標でもあるのか？」

夕食の席で父に言われたひと言に、思わず箸が止まる。

きっと俺に対する縁談話は父の耳にも入っているだろう。そろそろ身を固めたらどうかと言われる？

だったら一度しっかりと自分の気持ちを伝えるべきだ。俺が仕事をがんばる理由は父のような後継者になるため。それと……。

「父さんが守ってきた会社を今後よりいっそう大きくするためです。……そしてなにより、自分の手で幸せにしたい大切な相手がいるからです」

俺の話を聞いた父は目を見開いた後、「そうか」とつぶやいた。

どう思っただろうか。父のほうで俺の結婚相手として考えている女性がいる可能性もある。

少し緊張して出方を待っていると、父はやわらかい口調で話しだした。

「それなら今後も努力することだ」

「えっ？」

予想外の言葉にあぜんとする俺に対し、父は「好きならあきらめずにがんばりなさい」とエールを送ってくれた。

入社後すぐ父に頼み、すべての部署で数カ月ずつ経験を積ませてもらった俺は、営業部への所属を希望して今も在籍している。自社製品についての知識や営業先との関係構築の重要性など、日々学びは多い。

そうして仕事に邁進《まいしん》してきたが、父と食事をした数日後、父から専務就任を打診された。

会社としては二十八歳という最年少での取締役人事に反対意見が出ることを危惧していたが、俺がここ数年で大口契約を複数締結していた実績が認められ、経営陣は皆賛成だという。

想定より早く経営に携われることに喜びを感じつつも、営業部では部長に昇進したのできちんと兼務して、引き続き利益貢献していこうと改めて決意した。

ある日、部下が体調不良となり、急遽《きゅうきょ》代打で月森銀行との打ち合わせに向かった。

担当者を呼んでもらうため受付に向かったが、その足が止まる。

「嘘だろ」

カウンター越しにいる人物を見つめた。

最後に見かけたのは彼女が十六歳の頃だったから、七年ぶりだ。すっかり大人の女性へと成長していたが、愛らしい笑顔は幼い頃の面影を残していた。

しばらくの間、ぼうぜんと彼女を眺めていると、ひとりの男性が受付に近づいていく。その男性が予想外のトラブルを起こし、偶然にもその場に居合わせて彼女を助けることができ、心から安堵した。

しかし、彼女に触れた瞬間に想いがあふれて止まらなくなり、もっと触れたい欲求を強く抱いた。潤んだ目で引き止められた時は、どれほど理性と戦ったか……。

思いがけずにきっかけはできた。ここから菫子との関係を築いていけばいい。

そう思った矢先に信じがたい噂を耳にした。それは担当者との打ち合わせを終えた帰りのことだ。

ビルを出て立ち止まり、打ち合わせ中に入った電話の留守電を確認していると、ふたりの女性が笑いながら歩いてくるのが見えた。手にドリンクを持っているので休憩の帰りだろうか。

「ねえ聞いた？　旭さん、受付の春日井さんと付き合っているらしいよ。一緒にいるところを見たって人が何人かいるんだって」

「えーショック。狙ってたのに」

「嘘でしょ？　そんな簡単に玉の輿《こし》とか無理だから」

女性社員が俺の横を通り過ぎていった後、つい振り返り彼女たちの背中を見つめる。

とっさに追いかけて事実を確かめたい衝動に駆られるも、自分を落ち着かせた。

ただの噂の可能性もある。しかしあれほど董子は綺麗で聡明なんだ、想いを寄せる男は大勢いるはず。悠長に構えている場合ではないかもしれない。

そう思った俺は、数年前に父に聞いた春日井メーカーとのつながりを強化するという話を思い出し、共同で商品開発を進める具体的な提案を持ちかけた。

さらに、両社のビジネスをさらに発展させるため、家同士のつながりも強固になる政略結婚を持ちかけるのはどうかと付け加えた。

以前から春日井メーカーとビジネスをしたいと考えていた父にはすんなりと受け入れられ、そこから一気に話が進んでいった。

董子を誰かに取られるくらいなら、多少卑怯《ひきょう》な手を使ってでも誰にも渡したくなかった。それに結婚してから董子に好きになってもらえばいい。

だが初夜の日、俺の下でかわいそうなほど震える彼女を見ていたいほど後悔した。好きでもない男に組み敷かれ、おびえる彼女はどれほど怖かっただろうか。だから無理やり事を進めるのをやめた。

その後は仕事を理由に彼女から離れ、眠れぬ一夜を過ごした俺は、二度と彼女を傷つけないようにしなくてはという思いに駆られた。

それ以降、愛おしい董子に触れたいという欲を必死に抑えて理性的に振る舞い、これまで過ごしてきた。

ただ、菫子が俺の妻でいてくれるだけでうれしくて、幸せだったのに……。

＊＊＊

「離婚なんて冗談じゃない」

気づいたら俺は家を飛び出して、そこにいるという確証はないのに菫子の実家へと向かっていた。

その道中、理想の夫とはなんなのかと自問自答してしまう。そもそも理想の夫となる前に、菫子に愛してもらわなければ意味がないのではないだろうか。

その考えに至り、そこからは無我夢中だった。これまで抑えていた自分の感情があふれ出て止まらなくなった。

月森旭とは幼なじみだと理解していたが、結婚後に何度か社交の場で顔を合わせた際、菫子が俺の妻となった以上、必要以上に近づくなとさりげなく釘をさしておいた。

だが離婚届を突きつけられ、さらには菫子があいつと楽しそうに話しているのを見てひどい嫉妬心に襲われた。打ち合わせ終わりから会社に戻る途中、カフェでまるで恋人のように過ごすふたりを見て、完全に頭に血が上った。

無理やり結婚させた俺を好きなわけがない、嫌われているかもしれないと思っていた。それが俺に触れられて頬を真っ赤にさせ、菫子は俺を嫌いじゃないと言う。それがどんなにうれしかったか。

あんな愛らしい姿を見せられたら嫌でも期待するし、これまでよりも強く彼女に愛されたいと望んだ。

そして俺に触れられるのが嫌じゃないのなら、もう遠慮はしない。

全力で彼女を自分のものにしよう。そう心に決めた。

『戸惑いの真相』

隼士さんとしっかりと話をしようと決めていたけれど、思いがけない彼の言動に戸惑って、うまく話せる自信がなかったのに、まさかこんなに早く会いに来るなんて。

実家に帰宅したら、秋沢さんから隼士さんが来ていると聞いた時は耳を疑った。半信半疑で彼が待つ応接室に向かうと、彼は優雅に珈琲を飲んでいた。

そして目を白黒させる私を見て、笑顔で「さっそく会いに来た」と言う。

困惑して言葉が出なくなる。隼士さんはドアを開けたまま立ち尽くす私のもとへゆっくりと歩み寄ってきた。

少しずつ距離が近づくたびに胸の高鳴りが増していく。

「あ、あの……隼士さん？」

声をかけても彼は歩を止めず、わずか数センチの距離になる。

隼士さんがつけている香水のシトラスの香りが鼻をかすめる中、彼はゆっくりと私の耳に顔を寄せた。

「ドア、閉めるぞ」

びっくりして耳を手で押さえると、隼士さんはドアを閉めて愉快そうに私を見る。

これはからかわれた？　隼士さんってこういうことをする人だった？

新たに見る意外な一面に、驚きと恥ずかしさで感情が忙しない。だけどそれは隼士さんも同じだったようで、切れ長の綺麗な瞳でジッと私の顔を見つめる。

「そんな顔、初めて見た」

そんな顔ってどんな顔？　もしかして私、変な顔になってる？

今度はあたふたする私を見て隼士さんは目を細めた。

「困らせて悪かった。……少しでも菫子に俺を意識してほしくて、意地悪した」

意識って……。そんなの、もうとっくの昔にしているのに。

私の気持ちがバレても隼士さんを困らせるだけだとわかっているけれど、ずっと気づかれていなかったことに寂しさも覚える。

矛盾する思いに悩まされていると、隼士さんは「今日はデートに誘いに来たんだ」と言いだした。

「デートですか？」

「あぁ」

デートって恋人がふたりで出かけるものだよね？　なんてあたり前のことを考える

ほどびっくりした。

だって結婚してから一度も、隼士さんとデートというものをしていないから。

「今週の土曜日、なにか予定ある？」

「いいえ、とくにはありませんが……」

戸惑いながらも返事をすると、隼士さんはホッとした表情を見せた。

「それならよかった。土曜日、少しでも長い時間一緒にいたいから、朝八時に迎えに来てもいいか？」

ドキッとする言葉に、胸が苦しくなる。だけど私も、より多くの時間を彼と一緒に過ごしたい。

ドキドキして言葉が出てこない代わりに大きくうなずいた次の瞬間、隼士さんはそっと私の頬にキスを落とした。

一昨日《おととい》に続いての頬とはいえ、不意打ちのキスにびっくりして彼を見上げる。

「土曜日、楽しみにしてる」

驚く私を見て隼士さんは満足そうに微笑み、優しく髪に触れてドアを開けた。

「見送りはいい。おやすみ、菫子」

「……おやすみ、なさい」

パタンとドアが閉じると同時に体の力が抜けて、その場に座り込んだ。

「びっくりした」

今になってドキドキが襲ってきて、胸に手をあてたら心臓がすごい速さで脈打っている。

キスも優しく触れる手も、胸が苦しくなるほどの笑みも全部が心臓に悪い。だってあんなの、まるで私のことを好きみたいじゃない？

「ううん、そんなわけない」

慌てて首を左右に振り、必死に気持ちを払拭する。

期待したって後からつらい思いをするだけ。隼士さんにはさくらっていう女性がいるのだから。今はただ、私に離婚されたら困るから機嫌を取っているだけだ。

そう自分に何度も言い聞かせていたら胸の鼓動が収まり、ゆっくりと立ち上がった。

ちょうどいい機会だよね。土曜日に隼士さんに気になっていることを全部聞こう。

そう心に決めて応接室を出ると、玄関先から優斗が駆け寄ってきた。

「姉さん！」

優斗も今帰ってきたばかりのようで、手に鞄《かばん》を持ったまま慌てた様子でこちらに向かってきた。

「おかえり、優斗」

「ただいま。って言ってる場合じゃなくて！　さっき俺がすれ違ったのはあの義兄さんで間違いない⁉」

急に意味のわからないことを言いだした優斗に首をかしげる。

「優斗がなにを言いたいのかよくわからないんだけど」

「だからさっき俺が見た義兄さんは、偽物じゃないかって聞いてんの！」

「あたり前でしょ？　隼士さんに決まってるじゃない」

あたり前のことを言っただけだというのに、優斗は信じられないと言いたそうに目を丸くさせた。

「だってさっきあの義兄さんが、俺に向かってにっこり微笑んだんだぞ？　今まで笑ったところは一度も見ていないのに！」

なるほど、だから優斗ってば隼士さんが偽物じゃないかと思っちゃったわけだ。

春日井メーカーに勤める優斗は、逢坂食品との共同事業を担当しているため頻繁に隼士さんと会うらしく、そのたびに連絡がきていた。

【ビジネスパートナーとして会うからか、とにかく冷たくて近寄りがたいほど怖いんだけど、姉さんは大丈夫なのか？】

隼士さんの働く姿がどうなのかはわからないけれど、家でも仕事をして休日出勤するほど真面目な人だもの。

仕事に対してはストイックで真摯に取り組んでいるのだろう。それに隼士さんは感情がほとんど表に出ないから、普通にしていても怒っているように見えてしまう。

そんな彼しか知らない優斗からしたら、隼士さんに微笑まれたら驚くのかも。

「なんか義兄さん機嫌がよさそうだったけど、結局元サヤに収まったわけ？」

「ううん、そうじゃないけど……。今度の土曜日、その、話し合うためにふたりで出かけることにしたの」

なんとなくデートという単語を使うのが恥ずかしくて言葉を濁したものの、優斗はピンときたのかニヤニヤしだした。

「ふ～ん、じゃあ義兄さんは姉さんとデートの約束を取りつけて上機嫌だったってわけだ。なんだ、父さんたちの言う通り姉さんの勘違いだったんじゃん。義兄さん、姉さんのことかなり好きだろそれ」

優斗に肘で突かれてかぁっと体中が熱くなる。

「なにを言ってるの？　からかわないで」

「えぇー、別にからかってないし。浮気も誤解だったのか？　結局は姉さんの早とちりだったの？」

「……まだわからない」

それを土曜日、ちゃんと確認しなくちゃ。

「まぁ、あんな義兄さんを見せられたら、姉さんの勘違いだったって線が濃厚だけど。ちゃんと話し合ったほうがいいよ」

「わかってるよ」

なぜか優斗に言われるとムッとなる。

「じゃ飯にしよう」

「はいはい」

「なんだよ、その適当にあしらう感じは」

「別に？」

なんて言い合いながらお互い着替えを済ませ、その後すぐに帰ってきたお父さんとともに四人で楽しい夕食の時を過ごした。

そこで優斗がさっき隼士さんが来ていたことや、土曜日にデートすることを言ったものだから、両親にも「早く仲直りしなさい」と言われてしまった。

「仲直りだなんて。……そもそも喧嘩なんてしていないのに」

なんてつぶやきながら就寝前にさっそくクローゼットを開けて、土曜日に着ていく服に悩む。

「なにを着ていこう」

そもそも隼士さんと出かけること自体初めてだ。買い物さえもないもの。

それに、もしかしたら最初で最後のデートになるかもしれない。

だったらめいっぱいおしゃれをして、少しでも隼士さんに綺麗だって思われたい。すれ違う人に、お似合いのふたりだって見られたい。

「だめだ、聖歌ちゃんに相談しよう」

自分ひとりでは着ていく服を決められず、私は聖歌ちゃんに助けを求めた。


「本当に似合っているのかな?」

迎えた土曜日の朝。私は五時には目が覚め、準備に取りかかっていた。

聖歌ちゃんは私の話を聞いて、ノリノリで仕事終わりに会って一緒に服を選んでくれた。

いつも休日は動きやすいように、パンツにブラウスやチュニックを合わせている。

会社に行く時はロングスカートが多い。

そんな私に聖歌ちゃんが選んでくれたのは、くるぶしまであるアイボリーのワンピース。どこに行くかわからないから、歩いても疲れないサンダルも一緒に選んでくれた。ワンピースに合わせて髪を巻き、メイクも少し変えたけれど不安だ。

昨夜も予行練習として服を着て、今のように髪をセットし、メイクもしてみた。そこで同じ男性としてどう見えるか、旭に写真を撮って意見を求めたところ【俺に聞くな】と怒りマークとともに返信が届いた。

その後すぐに電話がかかってきて、開口一番に『菫子は俺の社会的地位を奪うつもりなのか？』なんて意味のわからないことを言いだした。

さらに『それよりまだはっきり聞いていないのかよ！　いい加減早くくっついてくれ。でないと俺が迷惑だ』と、旭は私に話をさせない勢いで続ける。

『服だけど、あの人ならたとえ菫子がスッピンにだっさい服を着ていたとしても褒めるから安心しろ』なんて言って、一方的に通話を切られてしまったのだ。

ぼうぜんとする中、再び旭からメッセージが届いたかと思えば【言い忘れたが、お前らが元サヤに戻るまで俺へは絶対に連絡してこないでくれ。巻き込まれたくない】なんて、冷たい言葉が送られてきた。

たしかに昔から私は旭に頼りすぎなところもあったと思うけれど、あんまりではないだろうか。

とはいえ、こればかりは自分自身が向き合い、解決しなければいけない問題でもある。旭なりの優しさなのかもしれないと、自分にとって都合のいいように解釈し、隼士さんと話し合ったら改めて連絡をしようと結論づけた。

「嘘、もうこんな時間？」

鏡と睨めっこしていたら、いつの間にか七時四十五分になろうとしている。

最後にもう一度鏡で全身をチェックして部屋を出る。玄関に着くと、うしろからお母さんが追ってきた。

「ちょっと待って、菫子」

「なに？」

サンダルを履きながら答えると、お母さんが小声で話し始めた。

「仲直りしたらそのままふたりの家に帰りなさい。荷物は送ってあげるから」

お母さんはお母さんなりに心配しているのだろう。

「わかったよ。いってきます」

どんな結果になるかわからないけれど、無難な返事をした。

「楽しんでらっしゃい。隼士さんによろしくね」

お母さんに言われて玄関のドアを開けると、すぐ目の前には隼士さんがいた。

「すみません、大丈夫でしたか？」

ドアにあたっていないか心配になってすぐに聞けば、隼士さんは「大丈夫だ」と答えたからホッと胸をなで下ろす。

彼は玄関先にお母さんがいることに気づき、会釈をした。

「おはようございます」

「おはよう、隼士さん。今日は菫子をよろしく頼むわ」

「はい」

そんな言葉が交わされると、聞いているだけで胸の奥がむず痒《がゆ》くなる。

「いってらっしゃい」

笑顔で手を振るお母さんに見送られて外に出ると、隼士さんは足を止めて私を見る。

「そういう服を着ているところ、初めて見た。……とてもよく似合ってる」

「えっ？」

もちろん隼士さんに少しでもよく見られたいと思っていたけれど、会ってすぐストレートに褒められると恥ずかしい。

「あ……えっと、ありがとうございます」

それでもどうにかお礼を言ったら、隼士さんは私の手を握った。

「行こう」

つないだ手から彼の熱が伝わってきて、朝から胸が高鳴る。それにスーツや部屋着以外の格好は久々に見たかも。Tシャツに薄手のジャケットを羽織り、紺のチノパンを合わせたラフな姿もやっぱりカッコいい。そう思うのに、私は隼士さんのように言葉にして伝えられなかった。


彼が運転する車で都内から首都高速に乗り、走らせて約一時間。着いたのは大きな水族館だった。

「ここ……」

車を降りて水族館を眺める。遊園地エリアもあり、休日ともなると多くの人で賑わう観光スポットだ。

すると車のカギをロックして隼士さんが隣に並んだ。

「菫子、イルカ好きだっただろ？」

「はい、好きですけど……」

私、隼士さんにイルカが好きだって話した？ それもすごく好きだったのは高校生くらいの頃だ。もちろん今も好きだけれど、社会人になってからは一度も水族館を訪れていないし、話す機会もなかったと思うんだけど。

「もしかして好きじゃなかった？」

不安そうに聞いてきた隼士さんに「いいえ、そんなことはありません」と続ける。

「ただ、その……私が隼士さんにいつ話したのか覚えていなくて思い出していました」

自分が忘れているだけで、ポロッと話の流れで話したことがあったのかもしれない。

隼士さんって記憶力もよさそうだし。

そう自分で納得する中、なぜか隼士さんはしまったと言いたそうに口を手で覆い、目を逸らした。

「隼士さん？」

不思議に思いながら声をかけると、隼士さんは「いや、なんでもない」と言って私の手を握る。

「今もイルカが好きでよかったよ。早く行こう」

「……は、はい」

隼士さんの話が少し引っかかるものの、もしかしたら緊張したお見合いの席で話したのかもしれないと思うことにした。手を握られてドキドキしてしまい、それどころではなくなった。

事前に隼士さんが入園券を購入してくれていたおかげでスムーズに入場でき、彼に手を引かれて真っすぐ水族館エリアへと向かった。

「実はここ、事前に予約をすればイルカと一緒に泳げるんだ。菫子、泳いでみる？」

「できるんですか⁉」

夢のような話につい大きな声を出すと、隼士さんはクスリと笑みをこぼした。

「サプライズで用意してよかった。早く行こう」

「ありがとうございます、すごくうれしいです」

イルカと泳げるなんて夢にも思わなかったから本当にうれしい。

飼育員の説明を受け、私と隼士さんは近くにあった売店で購入した水着とウエットスーツに着替えて、イルカが暮らす水槽へと向かった。

事前に説明された通りに静かに入水すると、すぐにイルカが泳いで近づいてきた。

「どうぞ背中をなでてあげてください」

飼育員さんとともに優しくなでれば、ツルツルとした手触りに感動して思わず隼士さんを見る。

「すごいツルツルしてる」

「はい……！」

始まった体験プログラムはタッチから餌やり、そして最後に短い距離ではあるけれど一緒に泳げるという贅沢《ぜいたく》な内容だった。

最後にイルカと一緒に隼士さんと写真を撮ってもらい、忘れられない体験をさせてもらった。

「イルカかわいかったな」

「はい、ものすごくかわいかったです。隼士さん、本当にありがとうございました」

「俺も楽しかったよ。イルカが好きになった。頭がよくてびっくりした」

「飼育員さんの話をしっかりと理解しているようでしたよね」

着替えを済ませ、水族館エリアを回りながらイルカと触れ合った話で盛り上がる。

朝の緊張が嘘のよう。

次にやって来たのはたくさんの種類の魚が泳ぐ大きな水槽。圧巻の光景に息をのむ。

しかし綺麗な水槽に映る自分を見て目を疑った。

せっかく巻いた髪はすっかりと取れていて、化粧も落ちている。

イルカとの触れ合いがあまりに楽しくて、メイク直しするのをすっかり忘れていた。

気づいたら恥ずかしくてたまらなくなり、気になって仕方がない。

「すみません、隼士さん。お手洗いに行ってきてもいいですか?」

「もちろん。あそこで待ってるよ」

近くのベンチを指さした隼士さんに「すみません」と告げて、急いでトイレに駆け込んだ。

鏡の前で急いでメイクを直す。とはいえ、隼士さんを待たせているし、最低限でいいよね。

最後に手櫛《てぐし》で髪も整えてトイレを出る。すると隼士さんを遠巻きに見る女性グループがいくつかあった。

「見て、あの人カッコいい。絶対彼女と来てるよね」

「あんなイケメンがひとりで来るわけないじゃない。彼女待ちだよ」

「どんな美人だろ、気になる」

そんな話が耳に届いて、出るに出ていけなくなり足が止まる。

どうしよう、なんか隼士さんのところに行きづらい。

展示物を見ながら隼士さんの周りに人がいなくなるまで待つものの、かえって人が増えてきた。

これではさらに注目を集めると思い、意を決して彼のもとに戻ろうとするより先に隼士さんが私に気づいた。

「菫子」

愛おしそうに私の名前を呼びながら立ち上がった彼が、真っすぐこちらに向かってくるものだから一気に注目が集まる。

「あ……」

一瞬逃げたい衝動に駆られるもそれは叶わず。すぐに女性たちからの突き刺すような視線を感じた。

「嘘、あれが彼女？」

「なんか想像していたのと違う」

しっかりと聞こえてきて思わず目線が下がる。それでも隼士さんを待たせて申し訳なく思い「お待たせしました、すみません」と謝った。

すると急に彼は膝を折って、下から私の顔を覗き込んできた。

「わっ⁉」

隼士さんの端正な顔がすぐ目の前に広がり、色気のない声があがる。

「メイクしてきたのか。さっきのままでも十分かわいいのに」

「えっ？」

信じられなくて目を見開くと、隼士さんは「メイクをしなくても菫子は世界一かわいいよ」なんて甘い言葉をささやく。

近くで聞いていた人たちからは「彼氏、ベタ惚れじゃん」「彼女がうらやましい」という声が聞こえてきたものだから、ますます恥ずかしさが増す。

「本当に俺は世界で一番菫子がかわいいと思っているから、そんなふうに自信なさげにうつむくことはない」

「隼士さん……」

私がイルカを好きだって覚えていて、私のためにイルカと触れ合えるプログラムを予約してくれて。さらにはこんな甘い言葉をささやくなんて……。

これがすべて会社のために今は離婚するわけにはいかず、私の気持ちをつなぎ止めようとする演技だとしたら、彼は一流の役者になれるのではないだろうか。

それほど隼士さんの表情は嘘を言っているように見えなくて、戸惑いと動揺が広がる。

「水族館を回ったら、遊園地のほうも行ってみよう」

こんな夢のようなデートは、もう二度とできないかもしれない。だから今日だけは彼の名演技に騙《だま》されたままでもいいよね。

「……はい！」

差し出された手を握り、私たちはデートを楽しんだ。

水族館をゆっくりと見て回った後は遊園地エリアへと向かって、多くのアトラクションを楽しんだ。気づけば十六時半を回っていて、少しずつ入園者も減っていく。

「そろそろ出ようか」

「そうですね」

普段の休日なら隼士さんは仕事をしていることが多い。きっと明日は仕事だよね？

それなら早く帰って休んでもらわないと。

幸せな時間が過ぎるのはあっという間だというけれど、本当にそうだった。六時間以上楽しんだというのに、体感的には一、二時間くらいだ。

名残惜しさを感じながら駐車場へと向かう中、隼士さんは急に足を止めた。

「悪い、あそこのベンチで少し待っててくれ」

「あ、はい」

なにかを思い出したように隼士さんは踵を返し、出口へと向かう多くの人の波に逆らって人ごみの中に消えていった。

どうしたんだろう、隼士さん。電話がかかってきたとか？　でもそんなそぶりはなかったし。

不思議に思いながらも、言われた通りにベンチに腰を下ろして彼を待つ。すると少しして、大きなイルカのぬいぐるみを抱えた隼士さんが戻ってきた。

「お待たせ」

「え？　隼士さん、それ……どうしたんですか？」

隼士さんが持っても大きいとわかるビッグサイズのぬいぐるみに、驚きと戸惑いを隠せずにいると、彼は満足げに話しだした。

「大きなぬいぐるみが欲しいって言っていただろ？」

「……はい」

ん？　もしかしてその話もお見合いの席で無意識のうちにしたのだろうか。だって大きなぬいぐるみが欲しいと思っていたのは、もうだいぶ昔だから。

それでも彼が、私でさえ忘れていた話を覚えていて買ってくれてうれしい。

「よかった。受け取ってくれ」

大きなぬいぐるみは実際に持つと本当に大きくて、前が見えなくなるほどだ。

「ありがとうございます。大切にしますね!」

ぬいぐるみを下に持ち、彼の顔を見ながらうれしさを噛みしめてお礼を言えば、隼士さんはうれしそうに目を細めた。

「喜んでもらえて安心したよ。とはいえ、でかいよな、それ。駐車場まで持つよ」

そう言って彼は手を差し伸べてくれたけれど、私は首を横に振る。

「いいえ、大丈夫です。だって隼士さんが選んで買ってくれたんですから。自分で持ちます」

一生大切にしたい宝物だ。思わずギュッとぬいぐるみを抱きしめた。

「そっか。じゃあ董子が転ばないように、はい」

隼士さんの大きな手が私の左手を握る。

「行こう」

「……はい!」

彼が私のことを考えて連れてきた場所で過ごせて、本当に楽しくて幸せな時間だった。でもそろそろ現実に戻らないと。

帰り道は一時間近くある。その車内で話をしよう。

駐車場に着き、ぬいぐるみは隼士さんが後部座席に乗せてくれた。そしてお互い車に乗り彼がエンジンをかける。

「おなか空いただろ？　レストランを予約しているんだ」

「え？　食事もですか？」

「あぁ。まだ一日は終わっていない」

夕食まで考えてくれていたんだ。じゃあまだ夢の時間を過ごしてもいいかな。食事が終わったら話せばいいよね。

「ありがとうございます、楽しみです」

「期待に応えられる店ならいいんだけど」

そう言いながら彼は車を発進させた。

都内に戻り、向かった先は世界的にも有名なラグジュアリーなホテル。

驚くことに服も用意してくれていたようで、到着してすぐホテルマンにそれぞれ個室へと案内され、胸もとにレースがついたかわいらしい黒のドレスに身を包んだ。

さらにはメイクとヘアセットまで予約してくれていて、格式高いレストランになじむ優美な装いが完成。鏡に映る自分をまじまじと眺めてしまう。

久しぶりにこんなに着飾ったかもしれない。

隼士さんもスーツに着替えて髪もセットされており、あまりのカッコよさに声が出なかった。

そんな私とは違い、隼士さんはすぐに私を見て「綺麗だ、とてもよく似合ってる。その服を選んで正解だったな」と褒めてくれた。

甘い言葉に近くにいたスタッフも赤面するほど。それはもちろん私も。

このドレスも隼士さんが選んでくれたんだと思うとうれしくて、私が「ありがとうございます」と伝えたら、彼は満足げに笑った。

隼士さんにエスコートされ、エレベーターに乗る。そして降りた場所は、最上階より一階下にあるフレンチレストラン。雑誌やメデイアにも多く取り上げられている有名店だ。

店内の真ん中ではピアニストが演奏していて、その綺麗な音色を聞きながら奥にある個室へと通された。

「いらっしゃいませ。ご予約いただいたコース料理をご用意させていただいても大丈夫でしょうか？」

「はい、お願いします」

何度か両親に、誕生日など特別な記念日にこういったレストランに連れてきてもらったけれど、隼士さんと来るのは初めてで緊張する。それも完全個室のふたりっきりの空間で、向き合って座っているから余計かもしれない。

「ここの料理、菫子も気に入ってくれるといいんだけど」

「隼士さんは来たことがあるんですか？」

「あぁ、両親と何度か。ちなみにこのホテルの最上階の大ホールは、よくパーティー会場として使われているから何度も来ている」

「そうだったんですね」

私もよくお父さんに連れられて出席していたから、もしかしたら来たことがあるのかもしれない。

それから次々と料理が運ばれてきて、おいしい料理に自然と話も弾む。最後のデザートまでどれもおいしかった。

食後の珈琲を飲みながら、窓の外の綺麗な夜景に改めて目を向けた。

「隼士さん、今日は本当にありがとうございました」

「一日楽しめた？」

「はい、それはもうすごく」

ドキドキしたり緊張したり、うれしくなったり。人生の中で一番楽しい一日だった。

だからこそちゃんと現実に戻らなくちゃ。

珈琲を飲み干して、真っすぐに前を向けば、私を見つめていた隼士さんと目が合う。

愛おしそうに見つめるその瞳は、まるで私を愛しているとささやいているようで胸が苦しくなる。

違う、そんなわけがない。だって隼士さんにはさくらっていう女性がいるのだから。

自分に言い聞かせて胸の高鳴りを鎮め、隼士さんと向き合った。

「あの、隼士さん。話があります」

「それは奇遇だな、俺も菫子に話があるんだ」

そう言うと隼士さんは立ち上がり、私のもとへとやって来ると突然ひざまずいた。

「隼士さん？」

彼の突然の行動に驚く中、隼士さんはひざまずいたままポケットから小さな箱を取り出した。

「これは……？」

隼士さんが私に向かって開けた箱の中には、サイズが違う指輪がふたつ入っていた。

指輪と彼とで視線を行ったり来たりさせる私を、隼士さんは真っすぐに見つめる。

「結婚式の日に渡した指輪は返されたから、新しいものを用意したんだ」

「新しいものって……あ」

そういえば、離婚届と一緒に指輪も置いてきた。それなのに彼の左手薬指には今も指輪がはめられている。

「この前も言ったけど、俺は董子と離婚するつもりはない。今度こそ董子の理想の夫になると誓おう。だから、もう一度俺と始めからやり直してほしい」

これは彼の本心？　ううん、そんなわけがない。ただ会社のために離婚するわけにはいかないだけ。

それなのに彼の瞳からは本気だという気持ちが伝わってきて、戸惑いを隠せない。

やっぱり私はまだ隼士さんをあきらめられていないし、彼に想い人がいることに気づかないふりをして、このまま彼と結婚生活を継続することもできる。

しかし愛されない結婚生活ほど惨めでつらく、苦しいものはないと気づいてしまったから無理だ。

それでも今日一日の楽しい思い出が脳裏をよぎって心が揺らぐ。

「もう一度指輪を交換してくれないか？」

隼士さんがあまりに切実に、そして私を愛おしそうに見つめながら言うものだから、流されたくなる気持ちを必死に止めて、私は小さく深呼吸をした。

「隼士さんが本当に指輪を交換したい相手は、私ではないですよね？」

意を決して言った言葉に、隼士さんは眉をひそめた。

「どういう意味だ？」

最後まで私には言わないつもりだろうか。でも、さくらという女性の存在を知っていると明かさなければ、すべての話が進まない。

「そのままの意味です。休日に会うくらい仲がいい、さくらっていう方がいるじゃないですか」

言ってしまった。私が知っているとわかり、隼士さんはどう思っている？

彼の反応が怖くてなかなか顔が見られない。自然と視線は下がっていき、膝の上でギュッと手を握った時。

「どうして菫子がさくらを……？　あいつと会ったことがあるのか？」

あいつと呼ぶほど、やはり隼士さんにとって彼女は特別な存在なの？　そう思った瞬間、隼士さんは私の両手を握った。

びっくりして顔を上げると、彼は真っすぐに私を見つめる。

「いろいろと聞きたいが、俺が指輪を交換したいと思う女性は生涯菫子ただひとりだけだ」

力強い眼差《まなざ》しで言う隼士さんは、嘘をついているようには見えない。それでも簡単には信じられない。

「じゃあ……どうして私とは一緒に過ごしてくれない休日に会っていたんですか？」

「休日に会うって……もしかしてこの前のことか？」

やっぱり休日に会っていたのは間違いないようだ。

「そうです。表参道で会う約束をしているところをたまたま聞いてしまって」

「そう、だったのか」

少し考え込む姿を見せた後、隼士さんはゆっくりと口を開いた。

「誤解をさせてしまってすまなかった。俺たちの結婚式にはちょうど留学中で参列しなかったから紹介できなかったんだが、七つ下の従妹《いとこ》なんだ」

「従妹、ですか？」

思いがけない話にオウム返ししてしまった。

「あぁ。最近留学を終えて帰国し、土産《みやげ》を渡したいと言われたから会ってきただけだ」

嘘、本当に？　私がずっと彼の想い人だと思っていた女性は、従妹だったの？

「まださくらも帰国したばかりで忙しいようで、カフェで一時間ほど話をしてきただけだが、改めて今度紹介の場を設けよう」

「あ……は、はい」

返事したものの、すぐには信じられない。でも、紹介してくれるというのなら本当なのかも。もし事実だとしたら、私はただの勘違いで離婚を決意したってこと……？

「もしかして、さくらと俺が浮気していると思って離婚を切り出したのか？」

とっさに否定しようとしたけれど、図星でなにも言えなくなる。これじゃ私の気持ちなんてバレバレだ。

だってそもそも私たちは政略結婚なのだから、相手に対して特別な想いを抱いていないなら、休日に会わなくたって浮気されたって気にせずに過ごせばいいだけの話。

なのに隼士さんが聞いてくるということは、嫉妬して離婚を切り出したって思われているはず。

それならいっそもうすべて打ち明けてもいい。

離婚したいと思ったのはそれがきっかけであっても、すべて彼女の存在のせいではないのだから。

「ち、違います」

「え？」

心を落ち着かせるように静かに深呼吸をして、ゆっくりと顔を上げた。そうしたら隼士さんはいまだに真っすぐに私を見つめていてドキッとする。

「じゃあなぜ菫子は俺と離婚したいんだ？」

核心に迫る言葉に、一瞬怯《ひる》みそうになるも自分を奮い立たせた。

「だって……隼士さんは私を好きではないではありませんか」

ひと目惚れした人と結婚できるだけで幸せだと思っていた。たとえ一方通行な想いだとしても、一緒に生活する中で夫婦らしくなれたらいい。そう願っていたけれど、隼士さんは違った。

そのはずなのに、なぜか彼は戸惑いの表情を見せる。

「なにを言って……。それは菫子だろう？」

「えっ？」

隼士さんこそなにを言っているの？

「俺など好きではないのに結婚させられて、嫌だったんじゃないか？　だから初夜の時だってあんなに震えていたんだろう？」

「初夜の時って……」

混乱する頭をフル回転させて必死に記憶を呼び起こす。

結婚式は盛大に執り行われ、大勢の人に祝福されて幸せなひと時だった。その後の初夜だって緊張したけれど、嫌だったわけじゃない。震えていたのだって、隼士さんに抱かれると思うと胸が苦しくて、恥ずかしくてたまらなかったから。

「俺に触れられるのが嫌なんだと思ったから、できるだけ菫子と関わらないようにしたんだ。菫子が嫌がることはしたくなかった。それに俺は……菫子と結婚できただけで幸せだったから」

「う、そ」

それは私だ。隼士さんが思うわけがない。しかし私の考えを否定するように隼士さんは「嘘じゃない」と言い、強く私の手を握り返した。

「菫子は覚えていないかもしれないけど、俺たちの出会いはもっと昔だったんだ。俺はもうずっと前から、菫子を愛していた」

愛していた――。

隼士さんの口から出た言葉だとは信じられなくて戸惑う。

そんな私の気持ちを吹き飛ばすように、隼士さんは力強い瞳を向けてきた。

「俺が十歳で菫子が五歳の時、このホテルで初めて会ったんだ。当時の俺はすぐには気づけなかったけど、今思えばあの日に俺は恋に落ちた」

甘い言葉に胸がギュッと締めつけられて苦しい。でも私には幼い頃に隼士さんと会った記憶が残っていないため、彼の話が本当か信じられない。

もし本当だとしたら、隼士さんはずっと前から私を好きでいてくれたということ。こんな夢のような話をすぐに信じるほうが難しいよ。

「高校からは海外の学校に進み、大学時代には長期休暇に合わせて一時帰国した際に父さんとパーティーに参加して、たまたま見かけたことが何度かあった。だけど当時の俺は自分に自信がなかったし、菫子を幸せにできる人間になれたら会いに行こうと心に決めていたんだ」

「もしその間に私に縁談がきたり、恋人ができていたりしたらどうしていたんですか?」

私だって年頃だった。だからいつ私に縁談が舞い込んでもおかしくなかったのに。

気になって口を挟むと、隼士さんは笑みを浮かべ、策士っぽい表情を見せた。

「実は業務提携の話があがってから、お義父さんに会って菫子への想いを告げたんだ。一人前になったら必ず菫子を迎えに行くので、俺以外の男との縁談を受けないでほしいと頼んだ。もし恋人がいたとしても、必ず俺に振り向いてもらえるように動くつもりだった」

お父さんから一度もそんな話を聞いたことがないから、驚きを隠せない。

「えっ？」

今、隼士さんが言ったとは思えない言葉が聞こえたんだけど、私の聞き間違い？

「それほど菫子に夢中で、誰にも渡したくなかった」

そう言うと隼士さんは私の手の甲にそっと口づけをした。彼の唇の熱が伝わってきて、体中が熱くなる。

そのまま彼に手を引かれ、ゆっくりと立ち上がった。

「俺の気持ち、信じてくれたか？」

すがるような瞳を向けられてすぐに首を縦に振りそうになるも、思いとどまる。

彼を信じたい。そのためにはきちんと気持ちを言葉にして伝えてほしい。

「本当に私を好きでいてくれて、ずっと結婚したいと思ってくれていたんですか？」

少し震える声で問うと、隼士さんはすぐに答えた。

「あぁ。菫子は俺の初恋相手で、生涯愛するたったひとりの女性だ。この先もずっと、菫子だけしか好きになれない」

愛おしそうに見つめながら言われたひと言で、疑う余地などなくなった。信じてもいいよね。隼士さんも私と同じ気持ちでいてくれたと。

そう思えば思うほど胸に熱いものが込み上がってきて、涙で視界がぼやけてきた。

「これで信じられた？」

「は、い。……はい」

何度も首を縦に振って答えたら、隼士さんは安堵の笑みを浮かべた。

「よかった。それじゃ俺は自惚《うぬぼ》れてもいいのか、今度は董子の気持ちを聞かせてくれ」

そうだ、私もちゃんと伝えないと。

あふれた涙を優しく拭ってくれる彼に胸がきゅんとなりながらも、答えを待つ隼士さんを見つめ返した。

「隼士さんが私の会社を訪れた時に助けてもらってから、ずっと好きでした。私も隼士さんと結婚できただけで幸せで……いつか振り向いてくれたらいいなと思っていたんです」

ひと呼吸置き「うん」と相づちを打つ彼に続ける。

「隼士さんに好きになってもらいたくて、でも隼士さんはいつも家にいてくれなかったじゃないですか」

「それは悪かった。俺がいないほうが、董子が心穏やかに暮らせると思ったんだ」

今ならそうだったとわかるけれど、当時の私は寂しくてたまらなかった。

「それに隼士さんにはさくらさんっていう女性がいるんだと知って、ずっと好きな人に愛されない毎日を過ごすのがつらくて苦しくて……。隼士さんのためにも離婚するのが正しい選択だと思ったんです。だから離婚届を置いて家を出ました」

そこまで至った経緯は、ずっと彼に抱いていた気持ちがすべてだった。

「隼士さんが好きです。助けてもらった日にひと目惚れして、それから隼士さんを知れば知るほどもっと好きになりました。離婚するつもりだったのに、全然気持ちが消えてくれなかったほど好きなんです」

何度も〝好き〟の言葉を口にして、改めて自分の想いに気づく。

「私のほうがどうしようもないくらい、隼士さんが大好きです」

新たな一面を見せられるたびに、もっともっと好きになっているのだから。

ずっと優しく私の涙を拭っていた手が離れたと思ったら、隼士さんは強く私を抱きしめた。

まるで宝石のような輝きを放つ夜景をバッグに、静かな個室で一瞬にして彼のぬくもりに包まれ、息もできないほど苦しくなる。

「隼士さん……?」

どうにか声を絞り出して彼を呼ぶと、深いため息を漏らした。

「菫子の俺への気持ちが消えなくて、本当によかった」

なにそれ。どうしよう、隼士さんがかわいい。

「俺の幸せを考えての行動だったのは理解できたしうれしいが、もう二度と離婚届など書かないでくれ。俺の幸せは菫子のそばにいることだから」

本当にどうしよう、隼士さんからの甘い言葉に心臓が攻撃を受けすぎて、そろそろ止まりそうだ。

だって、こんなに素敵な人が幼い頃に出会ってからずっと私を好きでいてくれて、結婚するために努力してくれたなんて。

今が幸せすぎて、これからの未来が怖いくらいだ。

「菫子、改めて俺と指輪を交換してくれる？」

「はい、もちろんです」

隼士さんは私の手を取る。立ち上がり、しっかりと手に持ったままだったケースからひとつの指輪を手に取り、私の左手薬指にはめてくれた。まるで結婚式の再現みたいでドキドキする。

「次は菫子が俺にはめてくれ」

「え？　あ、はい」

戸惑いつつも、ケースから指輪を取った。そして緊張で震える手でどうにかはめれば、彼は愛おしそうに指輪を見つめた。

「ありがとう、菫子。二度と菫子に不安な思いをさせないと誓う。だから菫子もなにか不安に思い、嫌なことや俺に対する不満があればすぐに言ってほしい。もう菫子のいない家に帰るのは嫌なんだ」

「わかりました。これからはなにかあったらすぐ隼士さんに話します。隼士さんも、なにかあったらすぐ私に言ってくださいね？」

もっと早くにこうしてお互いの気持ちを打ち明けていればよかった。そうすればこんなにも遠回りしなかったんだ。

これからは隼士さんと一緒に過ごせる時間を一分一秒でも無駄にしたくない。

「あぁ、もちろんだ。菫子に隠し事なんてしないさ」

「約束ですよ？」

顔を見合わせたら、どちらからともなく笑みがこぼれる。

「じゃあさっそく言ってもいいか？」

「はい、なんでしょうか」

次の瞬間、隼士さんの端正な顔が視界いっぱいに広がった。びっくりして微動だにできない私と彼との距離は、少しでも動けば唇が触れそうなほど近い。

「しゅ、隼士さん……？」

急激に高鳴る胸の鼓動を抑えながら名前を呼ぶと、隼士さんはクスリと笑った。

「ずっと我慢してきたんだ。だから董子に思いっきりキスをしてもいいか？」

「えっ？　んっ」

私の答えを聞く前に、隼士さんは唇を重ねた。

結婚式以来の触れるだけのキスはすぐに離れ、隼士さんは苦しそうに顔をゆがめた。

「ごめん、全然足りない」

「あ……んんっ」

次のキスは食べられてしまいそうなほど荒々しくて、すぐに口を割って彼の熱い舌が入ってきた。私の舌と絡め、口づけは深くなる。

何度も名前を呼ばれ、愛の言葉をささやきながらキスをされ続けてどれくらいの時間が経っただろうか。

最初は恥ずかしくてたまらなかったのに、次第にその気持ちはなくなり、彼との口づけをもっと望む自分がいた。

いつの間にか私は隼士さんの首に腕を回して、必死に彼のキスに応えていた。

そしてお互いの息が漏れ、私は自分の足で立っているのもやっとなほどキスに溺れ始めた頃、隼士さんは名残惜しそうにキスを止めた。

しかし少しでも動いたらまた唇が触れそうな至近距離に、胸は高鳴ったまま。大きな手がまるで子猫をなでるように頬に触れ、くすぐったくて目を閉じた。

「本音を言えばこのまま菫子を連れ帰って抱きたいところだけど、今日はお義母さんにも挨拶をしてきたし、家に帰さないとな」

名残惜しそうに頬にキスを落として、隼士さんはゆっくりと離れていく。

少し離れただけだというのに、ものすごく寂しさを感じながら彼を見上げた。

目が合った隼士さんは、必死に欲情を抑えているように苦しさで顔を歪ませていて、胸が苦しくなる。

私も本音を言えば今すぐにでも隼士さんと暮らしていたマンションに帰って、これまでできなかったぶん、たくさん彼と触れ合いたい。

でも荷物は実家に置いたままだし、心配をかけた両親と優斗にちゃんと報告もしたいところ。

「明日にはマンションに帰ってきてほしい」

「……はい」

なにより私自身が甘々な隼士さんに耐性がついていなくて、このまま触れ続けたら冗談抜きに心臓が止まりそうだ。

「よかった。本当は明日、迎えに行きたいが、仕事が入ってしまっていて……。できるだけ早くに帰るから家で待っていてくれ」

やっぱり明日も休日出勤なんだ。それなのに貴重な休みをこうして私のために使ってくれたのが、申し訳なく思うと同時にうれしい。

「わかりました。じゃあ隼士さんが好きな物を用意して待ってますね」

「ありがとう、楽しみにしてる」

そう言って彼は自然な流れで頬にキスをした。でもやっぱり私はまだ慣れなくて体中を熱くさせたら、そんな私を見て隼士さんは声をあげて笑う。

結婚当初は、彼とこんな時間を過ごせるとは夢にも思わなかった。夢じゃないかと不安になるほど幸せでたまらない。

帰りの車内で私たちは赤信号になるたびに手をつなぎ、そして私の実家前に着いてからも別れるのが名残惜しくて、何度も口づけを交わした。


「夢みたい……」

帰宅後、お風呂に浸かりながら今日を思い出すと胸が苦しくなる。

隼士さんは家の中まで私を送ってくれて、両親にも挨拶をしてくれた。私からもその場で明日には隼士さんと暮らすマンションに帰ると伝えたら、両親はホッとしたようで、心配かけて申し訳ない気持ちでいっぱいになってしまった。

「いや、でも隼士さんの気持ちを知っていたお父さんも少しは悪いよね？」

私が彼の浮気を疑った時すぐに否定していたけれど、それは私の縁談を受けないよう隼士さんに頼まれたときから彼の気持ちを知っていたからだ。結婚する時にでも教えてくれたらよかったのに。

のぼせそうになり、最後にシャワーを浴びて出る。そして洗面所の前でバスタオルを広げ水滴を拭き取る最中、ふと鏡に映る自分の体に目が留まる。

明日には一糸まとわぬ姿を見られると思うと、心が落ち着かなくなる。それは寝るまで続き、なかなか寝つくことができなかった。

『一生思い出に残る初夜とは？』

月曜日の朝、五時半。

キッチンに立って私は自分と隼士さんのお弁当と、朝食の準備に取りかかっていた。

昨日の午前中にはマンションに帰ってきて買い出しを済ませ、夕食を作って彼の帰りを待った。

仕事が長引いたようで、帰宅したのは二十時を回ってからだったけれど、出迎えた私を抱きしめてくれて、前日のやり取りはすべて夢じゃなくて現実なのだと実感できた。

その後、私が用意した食事をおいしいと言いながら完食して、片づけまで手伝ってくれた。

「……うん、そこまではすごくいい雰囲気だったよね？」

玉子焼きを作り終え、昨日を思い出していたら思わず言葉に出ていた。

昨夜の夕食後、お互い入浴を済ませて、この後は寝室に向かうんだろうなと覚悟を決めた直後。隼士さんは『悪い、トラブル対応の残務処理を急がなくてはいけないんだ。菫子は先に寝ててくれ』と言って書斎へ行ってしまった。

結局私が起きている間には寝室には来なくて、仕事が遅くまでかかったのか書斎で眠ったようで今もまだ起きてきていない。

作り終わったおかずを弁当箱に詰めながら、昨夜ひとり期待してしまった自分が恥ずかしくなる。

お風呂の中では念入りに体を洗って、日中に出かけて購入した下着をつけ、心の準備だって万端だったのに。

自然とため息がこぼれる。

でも両想いになったのは間違いないはず。昨夜だって書斎にこもる前に隼士さんは『おやすみ』と言って私の頬にキスをした。今までの私たちだったら考えられない。

なにより、彼は巨大組織である逢坂食品の次期後継者。仕事を優先するのは当然だよね。

そう自分に言い聞かせてお弁当を完成させ、平行して行っていた朝食の盛りつけに入る。

鮭《さけ》が焼き上がり、お皿に盛りつけてテーブルまで運ぼうとした時、隼士さんが慌てた様子でキッチンに入ってきた。

「おはようございます、隼士さん」

「おはよう」

挨拶を返しながら、隼士さんは私の手もとを見て申し訳なさそうに「すまない」と謝った。

「急な打ち合わせが入って、もう出ないといけないんだ」

「そう、なんですね。あ、じゃあちょっと待ってください」

急いで鮭の身をほぐし、おにぎりを作った。

「車の中で食べてください。それとお弁当です」

「ありがとう、助かるよ」

玄関でお弁当とおにぎりを渡すと、隼士さんはうれしそうに頬を緩めた。

本当につい最近まではほとんど表情を崩すことがなかったから、いまだに不意打ちの笑顔には慣れていない。

「お仕事、がんばってきてくださいね」

「菫子もな。……せっかく朝食を準備してくれたのに悪かった。ほかのおかずは夜に食べるから残しておいてくれ」

「わかりました」

すると隼士さんの顔が近づいてきて、触れるだけのキスを落とした。

驚いて凝視したら、彼は満足げに笑う。

「いってきます」

「い、いってらっしゃい」

声を上擦らせながらも言うと、隼士さんはクスリと笑って出ていった。

「び……っくりした」

口を手で覆い、さっきのキスを思い出して体中の熱が上昇していく。

いってきますのキスだなんて、一度もしたことがなかったのに。

結婚前やしたばかりの頃は、そんな新婚シチュエーションに強い憧れを抱いていた。

でも実現するとドキドキしすぎてつらい。

もしかしてこれから毎朝するの？　私の心臓は持つだろうか。

変な心配をしている間も時間が過ぎていて、気づけばそろそろ準備をしないと間に合わない時間になっていた。

「大変！」

急いでキッチンに戻り、軽く朝食を済ませて準備をし、慌ただしく家を出た。

会社に到着後、業務に追われ、あっという間に昼休憩の時間になった。控室にお弁当を取りに行き、今日はどこで食べようかと考えながら廊下を進んでいく。

「あ、旭と聖歌ちゃんに連絡をしないと」

昨夜はずっと夢の中にいるようで、連絡するのをすっかり忘れていた。だからふたりにまだ隼士さんのことを報告できていない。

お弁当を食べながらメッセージを送ろうと思い、歩を進めていると急に横から腕を掴まれた。

「きゃっ⁉」

そのまま腕を引かれ、部屋の中に連れ込まれる。すぐさま相手を確認すると旭だった

「旭？」

「悪い、どうしても董子と話がしたくてさ。でも、会社では話しかけるなって言うからこうするしかなかった」

「それなら連絡くれたらいいじゃない」

連れ込まれたのは会議室で、旭は廊下に人がいないと確認して使用中の札をかけて、鍵を閉めた。

「連絡ならしたから。どこかの誰かさんがいつまでも気づかないからこうするしかなかったんだよ」

とげとげしい声で言われ、すぐにスマホを確認すると旭からメッセージが届いていた。

「ごめん、気づかなかった」

「連絡がくるかもしれないと思って気になって、昨夜はなかなか寝つけずおかげで寝不足だ。今日の朝にでも逢坂さんとどうなったか連絡をくれたら、俺もこんなにお前を待ち構えなかったんだぞ?」

「本当にごめん」

謝罪の言葉を繰り返し言うと、旭は小さく息を吐く。

「じゃあ、せっかく会議室を押さえたし、逢坂さんとはどうなったのか飯食いながら聞かせてくれよ」

「うん」

向き合うかたちで腰を下ろし、ご飯を食べながら私は隼十さんのことを旭に話した。

「ほらみろ! だから言っただろ? ちゃんと自分の気持ちを話せって」

話を聞いた旭はここぞとばかりに私を責め立てる。

「もっと早く素直になっていれば、ここまでこじれることはなかったのに。まぁ、それは逢坂さんもか」

サンドイッチを頬張りながら、旭は深いため息を漏らした。

「菫子は知らなかったからずっと言えずにいたけど、マジで逢坂さんの牽制《けんせい》がやばかったんだからな？」

「そうなの？」

信じられないけれど、どうやら事実のようで旭は眉間にしわを刻んで、身振り手振りを交えて話し始めた。

「結婚式で菫子から幼なじみだと紹介されてから、取引先として会う機会が何度かあってさ。その都度牽制され続けてきたんだ。その時の表情が冷たいの怖いのって……！」

当時の隼士さんの表情を思い出したようで、旭は身震いした。

「お前が俺に会社で話しかけないでほしいように、俺も逢坂さんも出席する社交の場で菫子に話しかけないでほしいと何度言いたくなったか……！」

「そ、そうだったんだ」

旭の勢いは止まらず、ヒートアップしていく。

「あまりに逢坂さんが嫉妬するものだから、冗談で一回俺、これからは必要以上に菫子と関わらないようにしますって伝えたんだ。そうしたら逢坂さん、なんて言ったと思う？」

「え？　なんだ——」

「そうしたら菫子が悲しむから絶対にするなだってさ。菫子にとって俺は特別な存在のようだから、今まで通りに接してほしいって言うんだ。それって矛盾していると思わないか!?」

私の返事を聞く前に答えを言い、旭は目を両手で覆ってわっと泣き真似《まね》に入る。

「本当、逢坂さんってどれだけ菫子が好きなんだよ。好きならちゃんと伝えればいいのにって何度も思ったさ。菫子だってそうだ。好きなくせに臆病になりやがって。迷惑を被ったのはこっちだからな？」

「ごめんね、本当に」

まさか隼士さんが旭にそんなことを言っていたとは、夢にも思わなかった。でも旭には申し訳ないけれど、それほど彼に愛されているんだと思うとうれしくなる。

口が緩みそうになるのを必死にこらえ、玉子焼きを口に運んだ。

「だからやっとふたりとも素直になってくれてよかったよ。もう二度と逢坂さんに離婚届なんて突きつけるなよ」

「うん」

絶対にしない。隼士さんとこの先もずっと、夫婦として人生をともに歩んでいきたいもの。

「あ、この前のカフェでタイミング悪く俺とふたりでいるところを見られただろ？逢坂さんに変に勘違いされた可能性があるから、ちゃんと否定しておけよ？」

「その必要はないと思うけど。だって私の気持ちはちゃんと隼士さんに伝えてあるんだよ？」

小首をかしげた私に対して、旭は目くじらを立てた。

「必要あるに決まってるだろ！　菫子の周りにいる男がどう思っているのかが重要なんだ。俺が少しでも菫子に気があるかもしれないと誤解されてみろ。大惨事になるぞ」

「わ、わかったよ。隼士さんにはちゃんと言っておくから落ち着いて」

「絶対だからな？」

「うん」

旭の反応を見て、隼士さんはいったいいつもどんなふうに旭に接しているのかが気になる。

「まぁ、この先はもうないと思うけどさ。またなにかあれば愚痴でもなんでも聞くから遠慮するなよ。あ、もちろんその時は絶対に逢坂さんにバレないようにだからな」

念を押す旭に頬が緩む。

「ありがとう。きっと旭には一生お世話になると思うからよろしくね」

「うっ。まぁ……幼なじみとしてな!」

本当に旭は私にとって頼りになる幼なじみで、それは昔からこの先もずっと変わらないと思う。

これまでは私が旭を頼るほうが多かったから、いつか恩返しができるといいな。

とはいえ、旭は昔からなんでもそつなくこなす人だから、私の助けなど必要ないかもしれない。きっと私が力になれることといったらひとつしかない。

「いつか初恋の人と再会できたら、全力で応援するから言ってよね」

「あぁ、その時は全面的に協力を求めるよ」

旭は幼い頃に会った初恋の女の子が忘れられなくて、ずっと捜している。この年になるまで一途に想い続けているのだ。そんな旭の想いがいつか報われる日がきますようにと、私は何度も願っていた。

「彼女はどこにいるんだろ。どんなふうに大きくなって、今はなにしてんのかな」

そう話す旭の表情はとてもやわらかくて、初恋の子を想っているのがヒシヒシと伝わってくる。

「大丈夫、いつか絶対に会えるよ」

「……あぁ、そうだな」

強く願っていれば会える。その奇跡が旭に訪れますように。

それから休憩時間ギリギリまで他愛ない話で盛り上がった。


「……ちゃん、董子ちゃん！」

聖歌ちゃんの声に我に返って彼女を見ると、慌てた様子で私の手もとを指さしていた。

「え？　なに？」

「なにじゃないよ！　生クリームが大惨事になってる」

「生クリーム……あっ！」

急いでハンドミキサーのスイッチを切るも、時すでに遅し。生クリームがボウルからあふれて私の手にもべったりとついていた。

「大丈夫？」

「うん、ごめんね」

ボウルを聖歌ちゃんに預けて手を洗い、布巾でこぼれた生クリームを拭いていく。

「メッセージで旦那さんとうまくいったって聞いていたから、今日の菫子ちゃんはハイテンションじゃないかなって勝手に想像していたんだけど……。もしかしてこの数日の間になにかあったの？」

彼女の言葉にピクッと体が反応する。

なにかあったかといえばあったし、なかったといえばなかった。いや、まったくないといったほうが正しいのかもしれない。

自然と深いため息を漏らすと、彼女は心配そうに「なにがあったの？」と聞く。

「ううん、なにもなかったの」

「えっ？」

彼女は意味がわからないというように小首をかしげる。

正直こんな話をするのは恥ずかしいけれど、でも誰かに相談したい。

聖歌ちゃんなら真摯に聞いてくれるかもしれない。そんな思いを抱きながら今日一日の激務をこなし、どうにか定時ダッシュして料理教室に来たというのに、内容が内容だけに打ち明けられずにいた。

周囲を見回し、誰も私たちの話を聞いていないと確認して小声で打ち明けた。

「なっ、なるほど。両想いになったはずなのに、木曜日の今日まで旦那さんとなにもないことに悩んでいたんだ」

「……うん」

そうなのだ、昨日までずっと隼士さんは仕事を持ち帰ってきて、遅くまで書斎にこもっていた。

そのぶん今までより早い時間に帰ってきてくれるし、交わす言葉数も多くなった。常に優しく接してくれて、スキンシップだって多い。キスだって毎日している。

それなのに、なぜか私たちの関係はキス止まりのままだった。

「うーん……客観的に見たら悩むべきことなのかもしれないけど、私はそこまで董子ちゃんが落ち込まなくてもいいと思う」

「どうして？」

ケーキのデコレーションをふたりでしながら、聖歌ちゃんは話を続けた。

「だって今は結婚前に体の関係を持つのはあたり前でしょ？　いや、付き合ってもいないのに関係を持つ人だっている中、旦那さんは董子ちゃんを大切に想ってくれているって証拠じゃない」

「そう、なのかな」

「私はそう思うよ。お互い仕事しているし、菫子ちゃんが疲れていたら悪いと思っているんじゃないの？　だって体の関係がないだけで、普段は恋人同士のように甘い雰囲気になっているんでしょ？」

　ニヤニヤしながら聞かれ、気恥ずかしくなりながらも「うん」と答えれば、聖歌ちゃんは「きゃー！」と小声で叫ぶ。

「いいなぁ、私はそれだけでうらやましい。でも菫子ちゃん的には物足りないんでしょ？」

　物足りない⁉

　ギョッとなる話に慌てふためくも、でもよく考えてみたらそうなのかも。今か今かと待ってなにもなく、ひとりベッドで眠るのはひどく寂しくなるから。

　なにも言えずにいる私を見て察したのか、聖歌ちゃんは顔を私の耳に近づけた。

「それじゃあさ、菫子ちゃんから誘っちゃえばいいんじゃない？」

「誘うって……む、無理無理！」

　語尾に力が入り、思いのほか大きな声が出た。当然近くにいた人たちの注目を集めてしまい、すぐに「すみません、なんでもないんです」と平謝りをした。

「私にできるわけないでしょ？」

激しく抗議をしたものの、聖歌ちゃんは「どうして？」と言う。

「董子ちゃんは旦那さんとキス以上のことがしたいんでしょ？　だったらちゃんと言葉にして伝えないと。旦那さんは気づいていないんじゃないの？」

「それは……」

そうだった。自分の気持ちを言葉にして伝えられず、つい最近後悔したのにどうして忘れていたのだろうか。

いや、でも内容が内容だけに今回ばかりは言えそうにないんだけど。

「やっぱり恥ずかしくて無理だよ」

「そこを乗り越えないと！　もしかしたら旦那さんも同じ気持ちでいるのに、董子ちゃんを気遣って手を出してこない可能性もあるじゃない」

それを言われるとなにも言えなくなる。

「そうかもしれない。じゃあ私からゴーサインを出さない限り、隼士さんはなにもしないつもりなのかな？」

恐る恐る聞くと、聖歌ちゃんは「うーん……」と唸《うな》る。

「その可能性が高いと思う」

それじゃ私から言わないと前に進めないの？

どうしたらいいのかと頭を悩ませる私の肩を、聖歌ちゃんは優しくなでた。

「善は急げって言うし、今夜にでも言ってみたら？」

その表情は必死に笑いをこらえているようにも見える。

「もしかして聖歌ちゃん、楽しんでいない？」

「えぇー、まさか。ただ、悩む董子ちゃんがかわいいな、微笑ましいなって思っているだけ」

それは確実に楽しんでいるよね？

とはいえ、相談したのはこっちだし、聖歌ちゃんが正しい。ちゃんと私が伝えないことには隼士さんに伝わるわけがない。

「よし、がんばって今夜言ってみる！」

気合いを入れて宣言をすると、聖歌ちゃんは小さく拍手した。

「そうだよ、その意気！　がんばって董子ちゃん」

「うん、ありがとう」

妙な気合いが入り、聖歌ちゃんと完成させたパスタとケーキを完食し、私は家路に

いなかった。

二十一時を回っての帰宅となったものの、家の中は真っ暗で隼士さんはまだ帰って
昨日まではこの時間は家にいたのに……。もしかして私が待っていたから無理して帰ってきてくれていたのかな。今日は料理教室って伝えてあったから会社で仕事をしているのかもしれない。

まずはお風呂を沸かして、乾燥機にかけておいた洗濯物を畳んでいく。そして次の日の朝食とお弁当の準備が終わり片づけをしていた時、玄関のドアが開く音がした。

彼を出迎えようと玄関へ向かう。

革靴を脱いでいる彼に「おかえりなさい」と声をかけると、やわらかい笑みを浮かべて「ただいま」と返してくれた。

この何気ないやり取りを続けて数日が経つけれど、何度も経験しても慣れなくて幸せを感じる。

「料理教理はどうたったた？」

「楽しかったです。あ、今度今日習ったケーキを作りますね」

「それは楽しみだ。だけど、そうか。じゃあ今日はもうスイーツはいらなかったか？」

「えっ？」

すると彼は手にしていた箱を掲げた。

嘘、わざわざ買ってきてくれたの？

普通の夫婦だったら何気ないのかもしれないけれど、初めてだからたまらなくうれしい。

心配する彼に「甘い物は大好きなので、ケーキはいくらでも食べられます」と伝えたら、ホッとした様子。

「よかった。着替えたら珈琲を淹れるから待っててくれ」

「私が淹れますよ？」

「いや、今日は俺に淹れさせて」

そう言われてしまっては、これ以上なにも言えなくなる。素直に従い、着替えを済ませた隼士さんがキッチンで珈琲を淹れている間、私は言われた通りにダイニングテーブルに座って待つ。

次第に芳しい香りが漂ってきて、隼士さんがトレーからケーキと珈琲をテーブルに並べた。

「どうぞ」

「ありがとうございます」

普段の食事は向き合って食べているのに、隼士さんは私の隣に腰を下ろした。こうして並んで食べるのが少し照れくさい。

「あ、すごくおいしそうですね」

隼士さんが買ってきてくれたのは、フルーツタルトとチーズケーキだった。

「好きなほうを食べてくれ」

「え、いいんですか？」

「あぁ。食べられるならふたつとも食べてもいい。たしかどっちも昔から好きだったよな？」

「えっと……はい」

彼の話は本当。昔からどちらのケーキも好きだった。でもその話を私は隼士さんにしたことがある？　記憶にはないけれど、これも無意識のうちに話したのだろうか。

必死に思い返していると、隼士さんは気まずそうに切り出した。

「昔、パーティーで見かけた時に董子とご両親の会話がたまたま聞こえたんだ」

「そうだったんですね」

だけど、そんな昔のことを覚えてくれていたなんて……。

「私のこと、よく見てくれていたんですか？」

思ったことを言葉にしたところ、隼士さんの耳は赤く染まっていく。

「董子が言っていたことだったから、記憶していたまでだ」

「え？　……えっ？」

突然のカミングアウトに、戸惑ってしまう。……でも。

「うれしいです。私が言ったことを覚えてくれていた。あ、じゃあイルカの話もそのときに……？」

そこまで言いかけた時、彼は気まずそうに「あぁ」と答えた。

「話していたことを覚えていたんだ」

自分から聞いておきながら、好きな人が私よりも前から好きでいてくれたと思うと、うれしいと同時になぜか照れくささも感じてしまう。

ちょっぴり気まずさを感じ、「ありがとうございます」と伝えて、フルーツタルトを選んだ。

「いただきます」

手を合わせておいしさに舌鼓を打つも、気まずい空気が続く。隼士さんも恥ずかしいようで黙々とチーズケーキを食べていた。

空気を変えようと思ってテレビをつけると、旅行番組が放送されていた。秋の京《きょう》都《と》特集をしていて、それを見た隼士さんが「京都もいいな」とつぶやく。

「週末に二日休みが取れた。どこかへ旅行に行かないか？」

「旅行ですか？」

「あぁ。本当ならまだ行けていない新婚旅行で海外でも……と思ったんだが、しばらく長期休暇を取れそうにないんだ。すまない」

「いいえ、二日間だけでも休みを取るのは大変でしたよね？　もしかして旅行のためにお仕事無理されたんじゃないですか？」

今週はずっと仕事を持ち帰ってきて、深夜遅くまで書斎にこもっていた。それは私と旅行に行くためだったの？

「無理なんてしていない。菫子と週末、旅行でゆっくり過ごせると思ったら、かえって仕事がはかどった」

「隼士さん……」

私を心配させまいと言ってくれたんだよね。

「行き先は菫子に聞いてから決めようと思っていたんだ。時期的に紅葉が綺麗だし、京都はどうだろう」

「いいですね。あ、でも宿は取れるでしょうか?」

紅葉シーズンならどこも満室じゃないのかな?

心配になった私をよそに、隼士さんはスマホを手に取りなにやら検索を始める。そして、ある高級旅館のホームページ画面を見せてくれた。

「ここはどうだ?」

「前から一度泊まってみたいと思っていた旅館です」

そこは老舗の旅館で全五室の離れの個室となっており、すべての部屋に立派な日本庭園と露天風呂がついている。創作京料理もおいしいと聞いているが、予約が取れないことでも有名だった。

「じゃあここにしよう」

そう言って隼士さんは今度はどこかに電話をかけ始めた。

「あぁ、そうだ。……よかった、じゃあ土曜日からふたりで一泊で頼む」

通話を切った彼は「予約取れたから」と言う。

「え? 本当ですか?」

信じられなくて聞き返すと、隼士さんは「オーナーとは知り合いなんだ」と答えた。

「せっかくだから新幹線で行ってみようか。それも俺のほうで手配しておくよ」

うちもそれなりに有名な企業ではあるけれど、そこまで広い人脈はない。さすがは逢坂食品の次期後継者だ。

「なにからなにまでありがとうございます。旅行、楽しみです」

「俺も」

ケーキを食べ終わってからソファに移動し、スマホで宿泊する旅館のホームページを開いた。

「素敵なお部屋」

つぶやくと隼士さんが私との距離を縮めて、一緒にスマホを覗き込む。

「それならよかった。……初めては思い出に残る場所がいいと思ってさ」

「えっ？」

スマホから彼に目を向けると、頬にキスを落とされた。

「楽しみにしてる」

「あ……えっと、はい」

旅館に泊まるということはつまり、そういう意味だよね？

この数日間、ずっと隼士さんに抱いてほしいと願っていた。それは私だけだと思っていたけれど違ったんだ。

隼士さんも同じ気持ちでいてくれたんだと思うと、うれしいと同時にちょっぴり恥ずかしくて彼の顔をまともに見られなくなってしまった。

次の日の金曜日は一日中、旅行のことばかり考えていた。おかげでちょっぴり仕事でミスをする始末。

でもそれくらい隼士さんとの初めての旅行がうれしくて、楽しみにしている自分に気づかされた。

迎えた土曜日の朝。

「菫子、珈琲でよかった？」

「ありがとうございます」

早朝六時過ぎの新幹線に乗り、私たちは京都へ向かって出発した。

今日は隼士さんがタクシーを一日貸し切りにしてくれたようで、私の行きたいところに行こうと言ってくれた。

でもせっかく初めてふたりで旅行に行くんだもの。私だけじゃなくて隼士さんの行きたいところにも行きたい。

昨夜はふたりで遅くまで観光に回るコースを決めた。寝不足のはずなのに今日が楽しみすぎて、いつもより早い時間に目が覚めたほど。

「眠かったら寝ててもいいぞ」

「いいえ、大丈夫です。私より隼士さんですよ。疲れていませんか？　着くまで寝てもいいですからね」

昨夜だって私と日程を決めるまでの間、書斎で仕事をしていたのだから。

しかし隼士さんは首を横に振り、私の肩に腕を回して自分のほうに引き寄せた。

「なにを言ってるんだ。せっかく菫子と旅行に行くというのに、寝るなんて勿体ない」

真顔で言われた言葉に恥ずかしくなり、だんだんと隼士さんの顔が見られなくなっていく。

「菫子の寝顔を見るだけで癒されるから、俺のことは気にしないで休んでいい」

「いいえ、大丈夫です」

きっと隼士さんは私が疲れないように気遣って言ってくれたと思う。でも……。

「それに私だってせっかく隼士さんと旅行に行くのに、寝るなんて勿体ないと思っていますから」

「菫子……」

ふたりで新幹線に乗る機会だって、そう多くはない。だったら今を楽しまないと。

ちょっぴり恥ずかしく思いながらも素直な気持ちを伝えると、彼は目を細めた。

「せっかくだから、京都に着くまで話をしようか」

「はい！」

どちらからともなく手を握り、他愛ない話をしながら窓より見える景色を眺め、新幹線の旅を楽しんだ。

東京駅を出発して約二時間後、京都駅に到着。そこからタクシーに乗り、老舗呉服店に向かった。

そこの主人とお義父さんが古くからの知り合いらしく、隼士さんの結婚を知り、京都を訪れる機会があったら寄るように言われていたそう。

せっかく京都に来たなら、着物で散策したらいいと提案を受け、私と隼士さんは主人自ら選んでくれた着物に袖を通した。

私は正絹《しょうけん》で作られた肌触りがやわらかい赤色の生地に、白いゆりの花が描かれたもの。最初は自分に似合うか不安だったけれど、鏡に映る自分を見て、意外にも着こなせている自分に驚いた。

髪もセットしてもらって着付け室から出ると、先に着替えを終えた隼士さんが待っていた。

彼は濃紺の無地に、ちりめん柄に帯。それと着物と同じ濃紺色の羽織を合わせていて、隼士さんのカッコよさをよりいっそう引き立てており、目を奪われる。

すると隼士さんは私を見て「綺麗だ。よく似合っている」と褒めてくれた。

「あ……ありがとうございます。その、隼士さんもすっごく似合っています」

照れくささを感じながらも伝えると、隼士さんも伝染したように耳を赤く染めた。

「ありがとう」

ふたりして照れ合っていて、それが次第におかしくなり笑ってしまった。

「行こうか」

「はい！」

差し出された手を握り返し、私たちは呉服店を後にした。

それからタクシーに乗ってさまざまな場所を回った。金閣寺《きんかくじ》や平安神宮《へいあんじんぐう》といった定番コースを見て回り、次に向かった先は清水寺《きよみずでら》。

清水寺の舞台を出てすぐ左の石段を上がると、京都最古といわれる恋愛成就の神社、地主《じしゅ》神社がある。

「あ、隼士さんありました！」

京都を訪れたら絶対に来たかった。目的は本殿の前にある恋占いの石。十メートルほどの距離を置き、ふたつの石が鎮座していて、目を閉じて願い事を想いながら一方の石から反対側の石までたどり着ければその願いが叶うそう。

さらにこの石は縄文時代の遺物で、古くから存在しているという。

「これをやるのか？」

「はい」

これからもずっと隼士さんと一緒に過ごせるようにやってみたい。

しかし隼士さんは難色を示すように顔をしかめた。

「下駄で目をつむって歩くのは心配だ。代わりに俺がやろう」

「えっ？　隼士さんがですか？」

意外すぎて思わず大きな声が出てしまった。

「あぁ。願い事は同じだろ？　ちなみに俺の願いは、この先もずっと菫子と一緒にいられるようにだが、違うか？」

顔を覗き込んで聞く隼士さんは、どこか楽しそう。これはもしやからかわれている？　でも願いは同じ。

「……そうです」

「なら俺がやろう。菫子、あの人たちのように助けてくれる?」

隼士さんに言われて今ちょうどやっているカップルを見ると、目をつむって反対側の石を目指す彼女を、彼氏が「もう少し左」「真っすぐだよ」と誘導していた。

チャレンジャーの多くが若い女性の中、立っているだけで大人のオーラが漂う隼士さんはあきらかに浮いている。

本当に彼にやらせてもいいのだろうか?

「あの、やっぱり私がやります」

「だめだ。けがしたら大変だ」

すぐに却下され、石の間を歩く列に並ぶ。順番が回ってくる間にも私がやると交渉したものの、隼士さんは譲ってくれなかった。

そしていよいよ私たちの番が回ってきて、隼士さんが立った石の反対側に移動した。

「いいか? 菫子」

「はい」

私の返事を聞き、隼士さんは目をつむってゆっくりと歩き出した。

「そのまま真っすぐで大丈夫です」

私の言葉を頼りに隼士さんはゆっくりと歩を進める。でも彼の感覚が優れていて、曲がることなくほぼ真っすぐに進んでいく。

「あの和装イケメンすごい」

「え? 彼女のためにやるとかカッコいい」

周りからはそんな声が聞こえてくるが、隼士さんは動じることなく何度か私に「このままで大丈夫か?」と確認してくる。

「そのままです。隼士さん、あと少しです」

さっきまでの挑戦者は皆、右か左に大きく脱線してたどり着けない人もいたのに、隼士さんは真っすぐに進んでいってもう少しで着く。

残り数歩となったところで、私は「あと三歩くらいです」と細かな指示をする。

「そこでストップです」

ピタリと足を止めた彼は、ゆっくりと目を開けた。そして目の前にある石と私を見て、安堵した表情を浮かべた。

「よかった、成功して」

「本当にすごいです、隼士さん」

やっていない私のほうが興奮してしまう姿を見て、彼はうれしそうに目を細める。

「これで俺と董子は永遠に一緒にいられるな」

甘い言葉をささやきながら頭をなでられ、胸が苦しいほど締めつけられた。

それは私たちのやり取りを見ていた周りの女性たちも同じようで、小さな悲鳴があがる。

「やばい、彼女がうらやましい」

「私も彼氏にやってほしいなぁ」

「あんな彼氏と永遠に一緒にいたすぎる」

隼士さんはカッコよくて素敵な人だと思っていたけれど、こうして周りの声を聞くと改めてすごい人と結婚できたのだと実感させられる。

「ありがとうございます、隼士さん」

「どういたしまして。お守りも欲しいって言ってたよな？　参拝してから見に行こう」

「はい！」

どちらからともなく手をつなぎ、私たちは神様に両手を合わせてから、お揃《そろ》いのお守りを購入した。

道中、赤や黄色と色鮮やかに紅葉した木々を眺めては美しさに感動し、さまざまな食べ歩きをしながら観光を楽しんだ。

そして日が暮れてから最後に向かった先は、彼が行きたいと言っていた伏見稲荷大社《ふしみいなりたいしゃ》。

千本鳥居が有名でそれを見に来たが、ライトアップされていて日中とはまた違い、幻想的な光景が広がっていた。

「綺麗」

思わず漏れた声に、隼士さんは満足そう。

「よかった。ネットでこの景色を見て、絶対に菫子と一緒に見たいと思ったんだ」

もう、隼士さんはどうしてこんなにも私を幸せにさせることばかり言うのだろうか。

そのたびに好きって気持ちが大きくなっていく。

「ありがとうございます。隼士さんと一緒に見られて幸せです」

「俺も」

幸せがあふれ出して止まらず、私は自分から隼士さんにピタリと寄り添った。すると彼も私に体重を預ける。

「ふふ、隼士さん重いですよ?」

負けじと私も彼に体重を預ける。

「かわいい菫子が悪い」

「私のせいですか？」

「あぁ、そうだ」

なんて言いながらも隼士さんは姿勢を戻した。視線を向けると、愛おしそうに見つめられていて自然と頬が緩む。

隼士さんを好きになって、こんなふうに過ごす日々をずっと夢見てきた。その夢が叶って本当にうれしい。

私たちは寄り添ったまましばらくの間、幻想的な光景を目に焼きつけた。

呉服店に戻って着替えを済ませ、タクシーでたどり着いた先は本日のお宿。

ロビーで受付を済ませると、立派な日本庭園の中を歩いて離れの部屋へと向かう。

「お夕食はあと三十分ほどでお運びさせていただきます。どうぞごゆっくりお過ごしください」

「ありがとうございます」

案内してくれた女将が一礼して静かに部屋を出ていった後、私は素敵な部屋に目を奪われる。

和室と洋室の二部屋があり、縁側からは周囲から見えないように緑で囲まれた立派な庭園を眺められる。

洗面所から外に出られるようになっていて、その先には檜《ひのき》の露天風呂があった。

それを見て、いよいよ今夜隼士さんと本物の夫婦になるのだと思うと、一気に緊張感が増す。

それを望んでいたし覚悟だって決めてきたのに、いざ目前に迫るとなぜこうも緊張するのか……。

「ここの宿、本館に大浴場があるんだ。夕食は少し遅らせてもらって先に風呂に行ってこようか」

いつの間にか背後にいた隼士さんに言われ、心臓が飛び跳ねる。

「そ、そうですね」

声を上擦らせながら答えると、隼士さんはクスリと笑った。

「そんなに緊張しないでくれ」

そう言われても、この緊張感はなかなか崩せそうにない。

「とりあえず風呂に入ってこよう」

「はい」

お風呂の準備をして、本館に向かって浴室の前で別れたところでホッとひと息つく。

ちょうど夕食の時間帯だからか、大浴場は貸し切り状態だった。さっそく体を念入りに洗い、大きなお風呂に浸かる。

「気持ちいい」

自然とため息が漏れた。だけどすぐに夜のことを考えると焦りを覚える。

「どうしよう、出る前にもう一回体を洗おうかな」

しっかりと洗ったけれど、大好きな人に初めて体を見られると思うと、一番綺麗な姿を見てほしいと思うもの。

下着は問題ないはず。問題があるとすれば……。

「緊張と恥ずかしさで失敗しないか心配だな」

初めての経験だからこそちょっぴり怖くもある。しかしそれ以上に、隼士さんに抱かれたい気持ちのほうが大きい。

「だめだ、のぼせそう」

急いで湯船から出て、少し温度を下げたシャワーを浴びて出た。

下着をつけ、部屋から持ってきた浴衣《ゆかた》を羽織る。

これから夕食だし、おいしいご飯を食べたらきっと緊張も少しはほぐれるはず。そう自分に言い聞かせる。

それにせっかくふたりで初めて旅行に来ているんだから、緊張して楽しまなかったら勿体ない。日中のように楽しく過ごせばいいんだ。

ドライヤーで髪を乾かして浴室を出ると、先に出ていた隼士さんが廊下のソファに座って待っていた。

少し湿った髪は下ろされていて、熱いのか浴衣も首もとがはだけている。けだるそうにしているからか、色気がものすごい。

周りに女性客がいなくて本当によかった。いたら絶対に声をかけられていたはず。

小走りで彼のもとへと急ぐ。

「お待たせしました、隼士さん」

「俺も今さっき出たところだから大丈夫だ」

気遣いの言葉をかけてくれながら、ゆっくりと立ち上がった彼はナチュラルに私の手を握った。

「夕食、楽しみだな」

「はい。女将の話を聞いて、食べるのが楽しみです」

本場のフレンチレストランで修業した経験もあるという料理長が考案したメニューの数々は、伝統的な京料理のよさを最大限に引き出しながらも新しく、革命を起こしたと話題だそう。

お風呂に入ってリフレッシュできたのもあるけれど、隼士さんが部屋に戻るまでの間も次々と話を振ってくれたおかげで緊張がほどけた。

部屋に着くとすぐに料理が運ばれてきて、私たちはビールで乾杯をした。京都のクラフトビールで、華やかな柑橘《かんきつ》のフレーバーと苦みがほどよくておいしい。

「このビール、うまいな」

「はい、家でも飲みたいくらいです」

「明日買って帰ろう」

おいしい料理に舌鼓を打ちながら、アルコールの力もあって話が弾んでいく。

食事を終えると、自然に視線は縁側から見える日本庭園へと移動する。これで食事は終わり。あとは寝るだけだ。

従業員が片づけを済ませ、「おやすみなさいませ」と言って部屋から出ていった。

すると急激な緊張感に襲われていく。

「あ、えっと……せっかくだからお庭に出てみましょうか」

沈黙に耐えられなくなり、立ち上がって庭へと行こうとしたところ、隼士さんも立ち上がって私を背後から抱きしめた。

背中に感じる彼のぬくもりに心臓が暴れだす。どうしよう、緊張して振り返れない。

トクン、トクンと自分でも胸の鼓動の速さが尋常じゃないとわかるほど高鳴る中、隼士さんはそっと両腕を伸ばして背後から私の体を包み込んだ。

「緊張してる?」

「は……い」

耳もとでささやかれ、ビクッと体が反応してしまう。

「そっか。でも緊張しているのは菫子だけじゃないからな」

「えっ?」

思わず振り返ると、目が合った隼士さんは困ったように眉尻を下げた。

「俺だって緊張している。……ほら」

隼士さんは私の手を自分の心臓にあてた。すると手を通じて胸の鼓動の速さが伝わってくる。まるで私の鼓動とシンクロするように速かった。

びっくりして彼を見たら、私の額に自分の額を押しつけてきた。

「わかった?」

あまりの距離の近さに声が出なくなり、代わりに私は何度も首を縦に振った。その姿を見て彼はクスリと笑う。

「それならよかった。緊張はしているが、それ以上に早く菫子を抱きたくてたまらない。何度この髪をほどきたいと思ったか」

「え？　あっ」

お風呂から上がってずっとまとめていたクリップをはずされ、髪がぱらっとほどける。

なにも言わず彼は私を抱き上げ、歩を進めていく。

思わずギュッとしがみつけば、隼士さんは私の旋毛《つむじ》にキスを落とした。

真っすぐに向かった先は寝室。二組敷かれた布団のひとつに優しく私を下ろしてくれた。

すぐに隼士さんが覆いかぶさってきて、そっと頬をなでる。その手つきがくすぐったくて思わず目をつむると、彼は瞼に口づけた。

「好きだよ、菫子。本当、どうしようもないほど愛している」

「隼士さん……」

切なげに伝えられた愛の言葉に、なぜか泣きそうになる。あまりに幸せだからだろうか。隼士さんにも同じ幸福感に包まれてほしい。

「私も隼士さんが大好きです。……あ、愛してます！」

勇気を振り絞って初めて〝愛してる〟と言ってはみたものの、緊張のあまり噛んでしまった。

やっちゃった……！　恥ずかしい。

絶対に笑われると思ったけれど、隼士さんは甘い笑みを浮かべ「ありがとう、うれしいよ」と言って唇にキスをする。

「んっ」

すぐに彼の熱い舌が入ってきて、私の舌をからめとる。

「あっ……んんっ」

歯列をなぞられ、舌の裏まで彼の舌で攻められて甘い声が止まらなくなる。次第にキスに夢中になり、必死に応えていく。

その間に彼の手は器用に私の浴衣の帯をはずす。そして大きな手が肌に触れた瞬間、ビクッと体が反応した。

名残惜しそうにキスを止め、隼士さんは私の首に顔をうずめた。さっきまで私の口の中をかき乱していた熱い舌が首筋を這《は》う。

「……っんあぁっ」

なに、この感覚。今まで感じたことがなくて、とっさに手で口を覆った。

「声、ちゃんと聞かせて」

「でもっ……」

ゆっくりと顔を上げた隼士さんは、触れるだけのキスを落とす。そして愛おしそうに私を見つめた。

「かわいい声を聞かせてくれ。それに菫子が感じてくれていると思うとうれしいから」

「うれしい、んですか？」

「あぁ、あたり前だろ？　もっと菫子を感じさせたい」

聞いているこっちが恥ずかしくなる言葉に、体中の熱が上昇していくよう。

「だから、はい。俺に掴まって」

「え……？　はい」

言われるがまま彼の首に両腕を回すと、少しだけ体が浮いた。すると隼士さんは器用にブラジャーのホックをはずした。

「きゃっ」

とっさに腕をほどいて胸を隠そうとしたものだから、体は勢いよく布団に戻る。

「大丈夫か？」

なんて言いながら隼士さんは、すばやく紐《ひも》を肩から抜いてブラジャーを畳の上に置いた。そして私が手で隠せないように両手ともギュッと握った。

「あの、恥ずかしいです」

思わず顔を背けた私に対し、隼士さんは「どうして？　こんなに綺麗なのに」と言い、胸の頂《いただき》を口に含んだ。

「んっ」

変な感覚に身をよじったのはほんの少しで、次第に彼に与えられる舌と指の刺激に翻弄されていく。

「こっちも触れさせて」

「えっ？　きゃっ⁉」

ショーツも一気に脱がされ、とうとう一糸まとわぬ姿にされてしまった。

私の体を見て、隼士さんは色っぽい吐息を漏らす。

「初めては痛いっていうから、よくほぐしていこう」

「ほぐすって……？　ちょ、ちょっと隼士さん⁉」

下に移動した隼士さんは、私の太腿《ふともも》を持ち上げて大きく脚を開いた。そしてそこに顔をうずめたものだから、ギョッとなる。

「大丈夫だから」

そう言いながら隼士さんは秘部に舌を這わせた。その瞬間、さっきとは比べものにならないほどの快感に襲われ、大きな声が漏れる。

「やっ……！　あぁっ……っ」

卑猥《ひわい》な音を立てて、彼の言った通りゆっくりとほぐされていく。隼士さんの長い指が私の中を出入りし始めると、よりいっそう甘い刺激が強くなり、声を抑える術がなくなる。

どれくらいの時間そうされ続けていただろうか。「はあ」と息を吐きながら起き上がった隼士さんは、親指で唇を拭う。

その姿が妖艶で、呼吸を整えながら見惚れてしまうほど。

苦しげに帯をほどき浴衣を脱ぎ捨てたら、鍛え上げられた逞しい体があらわになる。下着も脱ぎ捨て、隼士さんは布団の下から避妊具を手にして取りつけた。

すぐに私に覆いかぶさり、隼士さんは私の緊張をほどくように頬や鼻、額にキスを落とす。

「最初は痛い思いをさせるかもしれない。それでも俺は早く菫子の中に入りたい。……いいか？」

様子をうかがいながら聞かれ、私はたまらず彼にしがみついた。

「もちろんです。私も早く隼士さんとひとつになりたいです」

ここまでトロトロに溶かされて、今さらお預けなんてしないでほしい。

「あまりかわいいことを言わないでくれ。これでも必死に理性を抑えているんだ」

「そんなの、抑えないでください」

隼士さんの好きにしてほしい。

その思いで言った瞬間、食べられてしまいそうなキスをされた。

「あっ……んっ!」

呼吸もままならないほどのキスの中、ゆっくりと彼が私の中に入ってきた。

「さすがにきついな。……だけど、ごめん。止められそうにない」

どうしよう、やっぱり痛い。でも苦しそうな彼を見たらやめてなんて言えない。

早く彼を苦しみから解放してあげたくて、首に腕を回した。

「隼士さんっ」

「菫子……っ」

ゆっくり、ゆっくりと私の中に入ってきて、彼は腰を動かした。

最初は鈍い痛みが広がるばかりで涙がこぼれたものの、次第に痛みが和らいでいき、快楽の波にのまれていく。

その後は無我夢中で隼士さんに与えられるぬくもりに応え、生まれてきてよかったと思えるほどの幸福感に包まれたのだった。

それは一生忘れられないほどの、甘いひと時だった。

『必然的な対峙』

設定したアラームの音で目を覚ますと、目と鼻の先に隼士さんの寝顔があって一気に目が覚めた。

そしてすぐに彼を起こさないようにアラームを止める。

昨夜は書斎で遅くまで仕事をしていたようだから疲れているようで、スヤスヤと規則正しい寝息を立てていた。

京都旅行から一カ月あまり。隼士さんは相変わらず忙しい毎日を送っている。けれど一夜をともにしてからというもの、何度も体を重ねている。三日……いや、二日に一度の頻度で。

何度も隼士さんの寝顔を見たのに、見るたびに愛おしい気持ちであふれ、なかなか起きられず彼の寝顔を眺める。

無防備で少し幼く感じ、いつまで見ていても見飽きない。

彼のこんな寝顔を見られるのは私だけかと思うと、心の中が幸せで埋め尽くされていく。

本当ならもっと見ていたいところだけど、そろそろ起きないとお弁当や朝食を作る時間がなくなってしまう。

名残惜しく感じながら起き上がるために寝返りを打った瞬間、腰痛に襲われ、「痛っ」と声が漏れた。

腰をさすりながら一昨日の夜を思い出す。

私は隼士さんが全部初めてだから一般的な回数がどれほどなのかわからないけど、みんなどうなんだろう。私たちのように、体を重ねたら何度もするものなの？

旅行から戻ってしばらくは毎日のようにしていたら、私の体力がなくなり、腰も痛くなった。

それを知った隼士さんが頻度を減らしてくれたけれど、それでも多い方なの？　それとも普通？　もしかして少ないとか？

基準がわからなくて頭を悩ませていると、「おはよう」と低い声でささやきながらうしろから抱きしめられた。

「おはようございます。すみません、起こしちゃって」

「いや、大丈夫だよ」

隼士さんは私の肩に顔をうずめる。大きな手がパジャマの中に入ってきた。

「んっ。隼士さん、私起きないと」

「んー……でも昨夜できなかったぶん、少しでいいから董子に触れさせて」

なんて言うけれど、決まってこのパターンは朝から最後までする流れだ。何度かお弁当を作れず朝ごはんはトースト一枚になったから、なんとしても回避したい。

忙しい隼士さんは体が資本だ。朝食はしっかりと食べてほしい。

「だめです。今からお弁当とご飯を作りますから」

「弁当は無理して作らなくていいって言ってるだろ？　もう少し寝ていよう」

「あっ、もう隼士さん⁉」

彼の手が胸に触れ、強く抗議するために振り向くとすぐに唇を塞がれた。

「董子……」

甘い声で私の名前を呼びながらキスされ続けたら、さっきの決心など簡単にぐらぐらと揺れだす。

次第に体の力が抜けていくと、隼士さんは私の体を反転させてすぐに覆いかぶさった。

そうなったら私に抗う術などなく、朝からたっぷりと彼に愛されたのだった。

「あ、そうだ。董子、今週の土曜日ってなにか予定があったか？」

いまだに体に力が入らず、ベッドの上で休んでいる私とは違い、ワイシャツに着替えてネクタイを結びながら隼士さんは思い出したように聞いてきた。

「土曜日ですか？」

「あぁ。董子が俺の好きな人だと誤解したさくらを覚えているか？」

「……もちろんです」

隼士さんはからかい口調で言いながら、おもしろそうに私の様子をうかがうものだから、ついとげのある言い方になる。

隼士さんは私の返事を聞いてクスリと笑いながら続ける。

「そのさくらが董子に会いたいって言っているんだ」

「私にですか？」

「あぁ。うちの両親とも仲がよくて、週末泊まりに来るらしくて、そこで会えたらって言われたんだけど、行けそうか？」

七つも下の従妹だし、きっと隼士さんとは兄妹のような感覚だろう。そう頭ではわかっているのに、なぜか言いようがない不安を拭いきれない。

とはいえ、会いたいと言ってくれているのに断れないよね。

「はい、予定はないので大丈夫です」

「そうか、よかった。両親も久しぶりに董子に会いたいと言っていたから喜ぶと思う。さくらは俺にとって妹のような存在だから、仲よくしてくれたらうれしい」

あぁ、やっぱり隼士さんにとっては家族のように大切な存在なんだ。〝妹のような存在〟と彼もはっきり言っているというのに、特別な存在のように感じる自分が恨めしい。

こんな感情を抱いていると気づかれたくなくて、ゆっくりベッドから起き上がった。

「隼士さん、まだ時間大丈夫ですか？」

「あぁ」

「簡単なもので申し訳ないですけど、朝ごはんはしっかりと食べていってください」

「わかった。俺も手伝うから董子も先に着替えておいで」

着替えを終えた隼士さんは私の髪を優しくなでて、寝室から出ていった。

彼のさりげない言動にまた好きの気持ちが大きくなる。

「嫉妬するのがバカらしいや」

彼になでられた髪に触れると、自然と笑みがこぼれた。

隼士さんは私を大切にしてくれているし、その気持ちがヒシヒシと伝わってくる。

うにがんばろう。

それなのに不安に思うなんて彼に対して失礼だよね。さくらさんと仲よくなれるよ
そう自分に言い聞かせて着替えを済ませ、キッチンへと向かった。

それからの数日間はあっという間に流れて、迎えた土曜日の朝食後。私はクローゼットに並ぶ服と睨めっこしていた。

「なにを着ていこう」

隼士さんは昼食を実家で食べるだけなんだから普段着でいいと言っていたけれど、彼のご両親に久しぶりに会うのに変な服は着ていけない。

ここはやはり無難に膝下のワンピースかな？　うん、これがいいかも。

悩みに悩んで決めた服に袖を通して、今度はヘアメイクに取りかかる。派手すぎない薄めのメイクに髪はハーフアップにして、少しでも清潔感を出す。

「これで大丈夫かな？」

鏡を見て何度も自分の姿を確認してしまう。

「大丈夫、似合ってるよ」

突然聞こえてきた声にびっくりしながらも、いつの間にか鏡越しに私を見てクスク

スと笑う隼士さんに気づいた。

「いつからいたんですか？」

「少し前から。俺に気づかず、一生懸命に確認している董子がかわいくて、なかなか声をかけられなかった」

「そこは声をかけてください」

気づかなかった自分が悪いとはいえ、恥ずかしすぎる。

おずおずと回れ右をして隼士さんのほうへと歩み寄ると、彼は感慨深そうに私を見つめた。

「ほんの少し前まで、こんなふうに董子が俺の前で感情を表に出してくれるなんて想像もつかなかったよ」

「……私も同じですよ？」

「えっ？」

目を瞬かせる彼がかわいくて、頬が緩む。

「隼士さんのほうが滅多に感情を表に出さなかったですよ？　だから今が信じられません」

そう言うと隼士さんは困ったように眉尻を下げた。

「たしかにそうかもしれないな。菫子に離婚届を突きつけられるまで、仕事で成功することが菫子のためだと思っていたし、それが理想の夫だと信じて疑わなかった」

「理想の夫、ですか？」

「あぁ。それに結婚を強引に進めた手前、菫子には嫌われているとばかり思っていたから、俺は家にいないほうがいいとも思っていたんだ」

彼がそんなふうに考えていたと初めて知り、急激に抱きしめたくてたまらなくなる。その気持ちが強くなり、私は自ら彼に抱きついた。

「菫子……？」

突然の抱擁に彼は戸惑っている様子。それも愛おしく思うのだから、相当私は隼士さんに溺れているのだろう。

「どんな隼士さんだって、理想の旦那様ですからね？」

寡黙で感情を表に出さない彼も、こうして全力で愛を伝えてくれる彼も、どんな姿だって私は隼士さんを好きになるという自信があるから。

私の気持ちは伝わったのか、隼士さんはうれしそうに「ありがとう」と言って私を抱きしめ返してくれた。

「昔の分を取り戻す意味でも、これからもふたりで多くの時間を過ごしていこう」

「……はい！」

思い出をたくさんつくって、うんと年を取ってから『あんなことがあったね』『こんなこともあったよね』と話せたらいいな。

しばし抱き合っていたら、さくらさんに会う不安もなくなったから不思議だ。

仲よく戸締まりを済ませて、私たちは家を出た。

隼士さんの実家は都内の一等地で、閑静な住宅街にある。三台の高級車が並ぶ車庫に車を止め、大きな門扉を開いて敷地内へと入ると、芝生が敷かれた広大な庭が広がっていて、中心にはプールがある。

一階のリビングとつながっているテラスには、ソファ席にハンモックもあってお義父さんのお気に入りだそう。

家は地下一階、地上三階となっていて一面大理石の玄関は六畳もある。

私の実家もそれなりに裕福な家庭環境だと思っていたけれど、隼士さん家とは比べものにならないほど、内装も豪華な造りとなっていた。

「おかえりなさいませ、隼士坊ちゃん」

私たちを出迎えてくれたのは、隼士さんが生まれる前から働いているという六十歳になる家政婦の山田登紀子《やまだときこ》さんだった。

「登紀子さん、いい加減俺を〝坊ちゃん〟って呼ぶのはやめてください」

「あら、私にとって隼士坊ちゃんはいつまで経っても、坊ちゃんのままですよ」

登紀子さんはクスクスと笑いながら私を見た。

「お久しぶりですね、董子さん。お元気でしたか？」

「はい。登紀子さんもお元気そうで安心しました」

彼女は結婚の挨拶に来た時から気さくに声をかけてくれていた。今では私も『登紀子さん』と呼ばせてもらうほど仲よくさせてもらっている。

「ええ、私はおふたりのお子さんのお世話にも携わるつもりでいますからね。まだまだ元気でいないと」

子どもの話をされ、私たちはお互いを見つめ合った。

「そうだな、董子も働いているし子どもが生まれたら登紀子さんにお願いしようか」

「え？　えっと」

これまでも両家の両親から、何度かさりげなく子どもの話をされたことがあった。

でもそのたびに隼士さんは『まだ結婚したばかりだから』と言っていたのに。

これまではそういう関係に一度もなってなかったから、私も『そうですね』と同意していたけれど、今の私たちは違う。

子どもができる行為を何度もしているし、私だっていつかは隼士さんとの間に赤ちゃんが欲しいとも思ってはいるけれど、たまらなく恥ずかしい気持ちでいっぱいになるのはなぜ？

次第に頬が熱くなり、鏡を見なくても顔が赤いとわかると余計に恥ずかしくなる。

「あらあら、これはおふたりのお子さんをお世話できる日も近いですね。さぁどうぞお入りください。さくらお嬢様もお待ちですよ」

登紀子さんの口から出た『さくらお嬢様』に、一気に緊張が高まる。

いったいどんな人だろう。隼士さんより七歳下ってことは、二十三歳だよね？　年が近いし私も仲よくなれるだろうか。

「行こう、菫子」

「はい」

登紀子さんに続いて廊下を進み、向かった先は三十畳ほどある広々としたリビング。

私たちが部屋に入ると、ソファに座っていた女性が勢いよく立ち上がって駆け寄ってきた。

「隼士君！」

勢いそのままに彼女は隼士さんに思いっきり抱きついた。

「久しぶり、会いたかった！」

まるで恋人にするような行動と言動に、私はぼうぜんと立ち尽くす。

身長は私と同じくらいだろうか。黒のロングヘアにくりっとした大きな目。肌は白くてとても綺麗。かわいいっていう言葉が誰よりも似合う愛らしい人だ。

抱きついたままうれしそうに笑う彼女を、隼士さんはすぐに自分から引き離した。

「離れるんだ、さくら」

「えぇー、どうして？　私と隼士君の仲じゃない」

離されてもめげずに再び両腕を隼士さんの背中に回して、ギューッと抱きつく。しかし隼士さんは強い力で彼女を離し、私の肩に腕を回した。

「いい加減にしろ。昔はさくらがまだ子どもだったから怒らなかっただけだ。今後は菫子を不安にさせる言動はいっさい許さないからな」

厳しい声で叱咤《しった》する隼士さんに、さくらさんは戸惑いの表情を見せる。それはご両親と登紀子さんも同じだった。

「ま、まぁ……その、隼士。そこまで怒らなくてもいいじゃないか。さくらちゃんもただ久しぶりに隼士に会えてうれしかっただけだ」

「そうよ、隼士。そんな大きな声で言わなくてもいいでしょ？」

少しでも場を和ませようとお義父さんとお義母さんが言ったものの、隼士さんは変わらずさくらさんに厳しい視線を向ける。

「いや、はっきり伝えておく必要がある。さくら、今後は気をつけてくれ。わかったか？」

「……わかったよ。だからもうそんな怖い顔をしないで」

渋々うなずいたさくらさんに、隼士さんはゆっくりと私から離れた。

「わかってくれたならいい」

そう言うと、隼士さんは打って変わって私にやわらかい笑みを見せた。

「さくらはこう言っているが、なにかあったら俺に言ってくれ」

「は……はい」

私の返事を聞き、彼は安堵した様子。

きっと隼士さんは、私がさくらさんとの仲を勘違いしたからちゃんと言ってくれたんだよね。どうしよう、さくらさんには申し訳ないけれどうれしくて泣きそう。

「改めて紹介する。従妹のさくらだ。さくら、挨拶をして」

隼士さんに言われ、さくらさんは満面の笑みを私に向けた。

「はじめまして、董子さん。鏡《かがみ》さくらっていいます。大学ではより実践的な経営学を学びたくて留学していて、つい最近帰国したので結婚式には出られなくてすみませんでした」

「いいえ、そんな」

真正面で見る彼女は、同性から見ても本当にかわいらしい女性だ。それに従妹だから か、どことなく隼士さんに似ている気がする。

「年も近いですし、一緒に買い物に行ったりランチしたり、仲よくしてくれたらうれしいです」

「こちらこそぜひ」

手を差し出されたから握った瞬間、爪を立てて強い力で握り返された。

びっくりして彼女を見ると、笑顔なのにその瞳の奥からは敵意を感じて怯む。

「うれしい、ありがとうございます！　じゃあ近々お誘いしますね。楽しみにしています」

「……はい」

初対面にもかかわらず、どうやら私はさくらさんに嫌われたようだ。だけど、なぜ？　ふたりは従兄妹関係にあるから考えなかったけれど、もしかしてさくらさんは隼士さんに想いを寄せているとか？

そういえば従兄妹同士って結婚できたよね？

「ねぇ、隼士君。董子さんにも会いたいし、今度マンションに遊びに行っていいでしょ？」

ピタリと寄り添って猫なで声で言うさくらさんに対し、隼士さんは「さくら、さっき言ったことを忘れたのか？」と返す。

「えぇー、くっついてないじゃない。私、早く董子さんと仲よくなりたい」

さくらさんに言われて隼士さんはチラッと私を見る。

これは私の返答次第だよね？　本音を言えば私たちの生活スペースにさくらさんを入れることに抵抗がある。

だってどう見ても、彼女は隼士さんに恋心を抱いている。でもここで私が拒否したら一気に場の雰囲気が悪くなるはず。

そう思い、笑顔を取り繕った。

「私はいいですよ」

「本当にいいのか？」

「はい」

私の返事を聞き、さくらさんは「ほら、董子さんも言っているしいいでしょ?」と詰め寄る。

「董子がいいならいいが……。俺がいる日にしてくれ」

「うん!」

元気よく返事をしたさくらさんは、私が手にしている紙袋を指さした。

「あれ? そういえば董子さん、さっきから手に持っているものはなんですか?」

「あ……すみません、渡すのが遅くなってしまって」

彼の実家を訪ねる際は、お義父さんの好物だと聞いてから必ず持参している手土産。有名老舗和菓子店の芋羊羹《いもようかん》だ。昨日、仕事終わりに寄って買ってきた。

お義父さんに渡すと「いつもありがとう。後でいただくよ」と言って受け取ってくれた。

「あれ? 伯父さん最近は甘い物を控えているって言っていませんでした?」

さくらさんに言われ、お義父さんはあきらかに動揺して「いや、その」と言葉を濁す。

「父さん、本当なのか? どこか体が悪いのか?」

隼士さんが心配して聞くと、お義父さんに代わってお義母さんが話してくれた。

「一年前の健康診断で血糖値の数値が高かったのよ。それで医者に言われて少し糖分を控えているの」

そうだったんだ。そうとも知らず、私ってば……。

「すみませんでした、余計なものを買ってきてしまい」

「いや、言わなかった私が悪い。菫子ちゃんはなにも悪くないから気にしないでくれ」

「でも一年も前の話なのに、菫子さん知らなかったなんてびっくりです。私だって知っていたのに。もしかして菫子さん、仕事を理由に伯父さんと伯母さんに会いに来なかったんですか？　頻繁に会っていたら伯父さんと伯母さんだって話す機会はありましたよね？」

とげを生やして言われた言葉に、ズキッと胸が痛む。でもさくらさんの言う通りだ。

週末は仕事で疲れて家でのんびり過ごすことが多かった。それに隼士さんがいない中、ひとりで彼の実家を訪れる勇気もなかったけれど、それはすべて言い訳に過ぎない。

実家には数カ月に一度は遊びに行っていたし、結婚した以上、私にとっても両親に代わりないのに。

「ちょっと、さくらちゃん」

お義母さんがさくらさんをなだめた時、私をかばうように隼士さんが前に立った。

「実の両親なのに知らなかった俺に非がある。土日も俺は仕事ばかりで両親に会いに来ようともしなかったしな。それなのに、菫子を責めるのは違うんじゃないのか？」

「隼士君は忙しくてあたり前じゃない。でも菫子さんは違うでしょ？　週末はしっかり休めていたんでしょ？」

「ならさくらは、結婚した相手の家に、夫もいない中ひとりで遊びに行けるか？」

すぐに言葉をかぶせてきた隼士さんに、さくらさんはギュッと唇を噛みしめた。

「普通に考えたらそこまで親しくもないのに行けないよな？　さくら、菫子に謝れ」

悔しそうにギュッと拳を握ったさくらさんに対し、隼士さんは冷たい口調で「謝るんだ、さくら」と言う。

するとさくらさんは小さく頭を下げた。

「ごめんなさい、菫子さん」

「いいえ、そんな」

凍てつくような空気に、動揺を隠せない。でも隼士さんは私を責めずに守ってくれた。その事実がうれしくもある。

「もとはと言えば、医者に言われていたのに話してくれなかった父さんが悪い。もう若くないんだから、些細なことでも教えてくれ」

「あぁ、そうするよ。さくらちゃんも董子ちゃんも悪かったな」

「ううん、伯父さんは悪くないよ。私こそ伯父さんの体が心配なあまり、董子さんを責めるようなことを言ってしまってごめんなさい」

張りつめていた空気がほどけ、お義母さんがパンパンと手を叩《たた》いた。

「さあ、ケータリングを頼んだからそろそろ来るはずよ。みんなでゆっくりと食事を楽しみましょう」

「そうだな」

どうやらテラスで食べるようで、先に歩き出したご両親に続いてさくらさんも向かう。すると隼士さんは三人に聞こえないよう、そっと耳打ちしてきた。

「さくらが悪かったな。昔から思ったことはすぐ言葉にするところがあるんだ。今後、董子を傷つけるようなことを言わないようにもう一度注意しておく」

「いいえ、ちゃんと謝ってくれましたしもう大丈夫ですよ」

それに間違いなくさくらさんは隼士さんに想いを寄せている。その隼士さんにあんな厳しい口調で言われたらつらいだろうし、なによりさらに私を嫌う可能性もある。

できれば仲よくしたいと思っていたけれど、それは叶わないかもしれない。私がさくらさんの立場だったらつらいし、隼士さんのそばにいる私を快く思わないもの。

だからといって隼士さんを奪われたくないし、私から彼のそばを離れることは絶対にない。それならできるだけさくらさんを刺激しないようにしよう。

そう心に決めて彼とともにテラスに出た。


少ししてケータリングのシェフが到着し、外でステーキや海鮮、新鮮な野菜などを焼いてくれた。

味付けも抜群でおいしく、和やかな時間が過ぎていく。食事中、さくらさんはお義父さん、お義母さんと話が盛り上がっていて、私と隼士さんに声をかけてこなかった。

食事を終え、リビングに戻って登紀子さんが淹れてくれた珈琲を飲んでいると、お義母さんが胃の辺りをさすりだした。

「どうした？」

気づいたお義父さんが心配そうに声をかける。

「ごめんなさい、ちょっと食べすぎちゃったみたい」

「大丈夫か？　医者を呼ぼうか？」

「いいえ、横になれば平気よ」

お義母さんは昔から体が弱いと聞いている。これまでも何度か会った時に体調が悪化していた。

「大丈夫ですか?」

「えぇ、ごめんなさいね。せっかく董子ちゃんとさくらちゃんが来てくれたのに」

笑顔で言っているけれど、無理しているのが痛いくらいにわかって心配になる。

「伯母さん、またすぐに遊びに来ますから気にしないで休んでください」

「ありがとう。それじゃお先に失礼させていただくわ」

登紀子さんに付き添われて、お義母さんはリビングから出ていった。

「それじゃ俺たちもそろそろ帰ろうか」

「そうですね」

お義父さんもお義母さんに付き添いたかったよね。でも私たちがいるから登紀子さんにお願いしたのだろうし。

隼士さんがカップに残っていた珈琲を飲み干した時、お義父さんが思い出したように話しだした。

「そうだ、隼士。帰る前に少しいいか?」

「なに?」

「仕事でお前に相談したいことがあったんだ。私の書斎にいいか?」

そう言ってお義父さんは立ち上がったものの、隼士さんは「いや、ちょっと待ってくれ」と言いながらチラッと私を見た。

「その話、週明けに会社でじゃだめなのか？」

「できれば誰にも聞かれる心配のない家で話したいんだ」

きっと私がさくらさんとふたりっきりになるのを心配しているのだろう。でもお義父さんがわざわざ書斎で話そうっていうのだから、重要な話のはず。

「隼士さん、私なら大丈夫です」

「しかし……」

「ここで待ってますから、気にせず話してきてください」

笑顔で伝えると、さくらさんも口を開いた。

「菫子さんと女同士で楽しくおしゃべりして待っているから、気にしないで伯父さんと話してきて」

「さくら、さっきみたいに菫子を困らせるなよ」

隼士さんに疑いめいた目で言われたさくらさんは、かわいらしく頬を膨らませた。

「言わないよ！　失礼しちゃうんだから」

「それならいいが……。菫子、すぐに戻る」

お義父さんも「すまないね、董子ちゃん。少し隼士を借りるよ。さくらちゃんよろしくね」と言ってふたりでリビングから出ていった。

さくらさんとふたりっきりになり、室内はシンと静まる。

どうしよう、やっぱり気まずい。だってどう考えても私、さくらさんに嫌われているよね？　それなのにどんな話をしたらいいのか……。

話しかけるべきか、なんて言って声をかけたらいいのかとグルグルと考えていると、さくらさんが「これ見てください」と話しかけてきた。

「はい、なんでしょうか」

するとさくらさんはスマホを手に持ち、私の隣にやって来て腰を下ろした。

「留学先で出会った友達なんです」

そう言って見せてくれたのは、オフィスらしき場所で数人と楽しそうに写るさくらさんの姿だった。

「向こうでは経営学を学びたくて、大学で学びながら逢坂食品の海外支社でインターン生として働き、より実践的に学んできました」

「そうだったんですね」

写真をスライドしながら、さくらさんはどんなことを学んだかを細かく説明してくれた。

私も大学在学中はひと通りの資格を取得したけれど、さくらさんのようにスケールの大きな目標を持ってなにかを成し遂げてはいない。

そんな私から見たら、写真の中に写るさくらさんはキラキラと輝いて見える。

「きっと私の経験が伯父さんの会社の役に立つと思ったから、慣れない海外での生活も乗り越えられたの」

「えっ？」

それじゃさくらさんは今後、逢坂食品で働くのだろうか。

「ほら、今は董子さんのご実家の会社と提携して海外進出に向けて動いているでしょ？　私も来月から入社してプロジェクトの一員として尽力するつもり」

次にさくらさんは、スマホの画面を閉じて厳しい視線を私に向けた。

「私はずっと、隼士君のそばにいるにはどうすればいいのか、それだけを考えて生きてきたの。仕事でもプライベートでもお互いに支え合える存在になるべく、多くを学んできたわ」

やはりさくらさんは隼士さんに特別な感情を抱いているんだ。そうでなければ、向けられている敵意に満ちた目に説明がつかない。

「それなのに菫子さんは？　隼士君と同じフィールドで仕事ができるわけでもないし、家庭に入って彼を支えているわけでもない。隼士君とはまったく関係のない会社で働いているって聞いた時は正直、耳を疑ったわ」

ひと呼吸置き、厳しい口調で話しだした。

「菫子さんにとって結婚は、会社と会社をつなぐ政略的なものだったかもしれない。でも私にとっては違うの。ずっと好きだった人のお嫁さんになるためにたくさん努力してきたわ。それなのに留学中に結婚しちゃって、相手は彼にふさわしくないあなただったっ」

途中から感情的になっていき、さくらさんは最後には声を震わせた。

「菫子さんは隼士君がどれだけの責任を負いながら仕事をして、それがどれほどつらくて大変なのか、そしてなにより自分の立場を理解しているの？」

「それは……」

理解しているつもりでいた。

でも、私が仕事をすることを彼が認めてくれたからといって、甘んじて変わらず月森銀行で働いている時点で、なにもわかっていなかったのかもしれない。

私はしてもらうばかりで、なにも隼士さんの力になれていない。

「はっきり言って、あなたは隼士君の奥さんとしてふさわしくない。実家の会社のための結婚だとしても、結婚したら夫を支えるべきじゃないの？　その努力もしていない人に隼士君を奪われたくない」

さくらさんに言われた言葉が、胸の奥深くに響いてなにも言い返せなくなる。

だって彼女の言う通りだから。私、奥さんとして隼士さんのことをちゃんと支えられている？

彼の仕事のことをすべて理解できていない。家のことだって料理はがんばっているけれど、そのほかの家事に関しては甘えている。

それだけじゃない、彼のことを信じることができずに勘違いをして、離婚まで考えていた。

これじゃ隼士さんの奥さんにふさわしくないと言われて当然だ。

自分のふがいなさが悔しくて、膝の上で拳をギュッと握りしめてしまう。

「だけど董子さんだって被害者よね」

「えっ？」

被害者ってどういう意味？

「だってそうでしょ？　会社のために好きでもない隼士君と結婚させられたんだから。

かわいそうな董子さんを私が助けてあげる」

「待ってください、違います」

決して私は会社のためだけに隼士さんと結婚したわけではない。彼に対して恋愛感情を抱いていて、きっかけはどうであれ、本物の夫婦になりたいと思ったから結婚したんだ。

「いいのよ、別にごまかさなくたって。私、董子さんには勤め先に恋人がいるって知ってるんだから」

「恋人？」

「ええ、月森銀行の息子と恋仲なんでしょ？　勤めている友人が教えてくれたの」

月森銀行の息子ということは、つまり旭だよね。

「社内では有名らしいじゃない。だから董子さん、結婚後も仕事を辞めたくなかったのね」

「ちがっ……！　違います！」

まさかまだ社内でそんな噂を信じる人がいたなんて。とんだ誤解だ。

「私と旭はただの幼なじみで、噂はすべて嘘なんです。それに……私は隼士さんが好きだから結婚したんです」

「――え」

私の話を聞き、さくらさんは目を丸くさせた。

「なにそれ。じゃあ噂になったにもかかわらず菫子さんは仕事を辞めなかったんだ。だったら信じられない。その噂が隼士君に悪影響を及ぼすと考えなかったの？　上に立つ者はイメージがなによりも大切なのに。奥さんが浮気をしていると取引先に知られたらどうなるか、少しも考えなかったわけ⁉」

怒りを含んだ声は次第に大きくなっていき、彼女の言葉が胸に深く突き刺さる。

そう、だよね。いくら私と旭がただの幼なじみでお互い否定し、気をつけていたとしても周りがどう思うかはわからない。

会社での私はいまだに母の旧姓を名乗って独身かのように振る舞っているけれど、いつバレるかもわからない。それなのに危機感を持たずにいた私が悪い。

しかし旭は私にとって大切な友人だ。幼い頃から何度も助けられてきた。その相手がたまたま異性というだけで、そう簡単に切り捨てることなんてできない存在。

「それでも隼士君が好き？　なおさら信じられない！　好きなら、仕事面で力になれないのだから家庭に入って支えるべきじゃないの？　本当にどうしてあなたみたいな人が隼士君と結婚できたのか理解できないっ……！」

怒りで声を震わせ、さくらさんは私を睨みつけた。

さくらさんの主張は間違っていない。でも……。言い返したいのに言葉がうまく出てきてくれない。

「どんな手を使ってでも、離婚させてみせるから」

そう言うとさくらさんは、半分以上残っていた珈琲のカップを手に取った。

「まずはあなたを悪者にする」

「なにを言って……」

次の瞬間、さくらさんはカップに残っていた珈琲を自分の顔めがけてかけた。

「きゃーっ‼」

そしてうずくまり、大きな叫び声をあげる。

「さくらさん？」

何度も声をあげるさくらさんに戸惑う。すると声を聞いた登紀子さんが駆けつけて、少し遅れてお義母さんもやって来た。

「いったいどうしたの？」

パジャマ姿でリビングに入ってきたお義母さんは、私たちの様子を見て戸惑う。するとさくらさんは立ち上がり、泣きながらお義母さんのもとへ駆け寄っていく。

「伯母さんっ」

「どうしたの？　これ」

勢いよく抱きついたさくらさんの顔にかかった珈琲に気づいたお義母さんは、心配そうに顔や服にかかった珈琲染みをなでる。

「それが……」

さくらさんは言葉を詰まらせながら、チラッと私を見た。

「菫子さんに私と隼士君の昔話を聞かせたり、ふたりで撮った写真を見せてあげたりしていたんです。それで私たちの関係を勘違いしたようで、菫子さんが急に怒りだして……」

そこまで言うとさくらさんは再び涙を流す。

今、私の目の前で起こっているのはいったいなに？　まるで映画を見ているような感覚で、現実感がない。

だけどさくらさんが急に自分に珈琲をかけて叫び、泣きながらお義母さんに訴えている。これは誰がどう見ても完全に私が悪い。

現にお義母さんはさくらさんを優しくなだめ、困惑した目を私に向けた。

「菫子ちゃん、どうしてこんなことをしたの？　たしかにさくらちゃんの言い方もきついけど、隼士とは従兄妹同士なのよ？」

さくらさんの話を信じ込んでいるお義母さんは、私に投げかけてくる。

「誤解です！」

我に返り慌てて立ち上がって否定するものの、素直に認めて謝らない私にお義母さんは顔をしかめた。

「誰にだって過ちはあるものだわ。大切なのは過ちを犯してからどうするかよ。菫子ちゃん、ちゃんとさくらちゃんに謝ってほしい」

「お義母さん……」

違う、違うのに、どう説明したってこの状況では否定すればするほど悪い印象を持たれるだけだ。

だからといって、やってもいないことに対して謝罪なんてできない。

「菫子ちゃん」

痺れを切らしたようにお義母さんが私の名前を呼んだ時、遅れてお義父さんと隼士さんが戻ってきた。

「いったいこれは何事だ？」

困惑しながらリビングに入ってきたお義父さん。その後に入ってきた隼士さんは私のもとへ駆けつける。

「どうしたんだ？　菫子」

心配そうに私の肩をさする隼士さんに、さくらさんは涙を流しながら訴えた。

「菫子さんが私に珈琲をかけたの！　冷めていたから火傷《やけど》はせずに済んだけど、熱かったら顔に傷が残ったかもしれないわ」

「珈琲をかけたって……菫子が？」

隼士さんは信じられないと言いたそうに、私とさくらさんを交互に見る。そんな彼に私は首を左右に振り、必死に私はやっていないと訴えた。

「なにかの間違いじゃないか？　菫子がそんなことをするわけが……」

「じゃあ隼士君は、私が自分で自分に珈琲をかけたって言うの⁉」

声を遮って叫ぶさくらさんに、隼士さんは「だが……」と言葉を濁す。

誰だって自分に珈琲をかける人がいるなんて思うわけがない。でもそれが事実だけれど、私よりさくらさんとの付き合いが長いお義父さんとお義母さんにとってみたら、信じてくれない可能性が高い。

隼士さんだけは私を信じてくれているかもしれないのが救いだ。

重苦しい空気が流れる中、お義父さんが口を開いた。

「とにかくさくらちゃんは顔を洗って着替えてきなさい」

「そうね、一緒に行きましょう」

お義母さんと登紀子さんに付き添われ、さくらさんはリビングから出ていく。その際も彼女の目には涙が浮かんでいて、お義母さんはすれ違いざまに軽蔑したような冷たい目で私を見る。

「隼士、今日はもう帰って菫子ちゃんを早く休ませてあげなさい」

「あぁ、そうさせてもらう」

お義父さんはなにも言わないけれど、きっと私がやったと思っているよね？

そう思うと胸が痛んでお義父さんの顔をまともに見られなくなり、私は視線を下に落とした。

「行こう、菫子」

隼士さんに肩を抱かれ、私たちは彼の実家を後にした。

お義父さんとお義母さんに幻滅された。ふたりの私を見る表情が鮮明に記憶に残っていて、思い出すたびに泣きそうになる。

涙をこらえるのに必死で、帰りの車内で私はもちろん、隼士さんも口を開くことはなかった。

車内で隼士さんがひと言も話さなかったのは、怒っているからかもしれない。隼士さんも私がさくらさんに珈琲をかけたと思っているのかも。そう思うと、家に帰るのが怖くてたまらなかった。

だけど家に入ると隼士さんは私をリビングのソファに座らせ、ハーブティーを淹れてくれた。

「驚いただろう？　悪かったな、俺がさくらとふたりっきりにさせたばかりに嫌な思いをさせてしまった」

「え？」

隼士さんは疑っていないの？　完全に私を信じてくれている？

信じられなくてジッと見つめると、彼は眉尻を下げた。

「俺が菫子を疑うわけがないだろう？　なにより菫子はあんなことをするわけがない」

「隼士さん……」

大好きな人が私を信じてくれた。それがこんなにもうれしいだなんて。

隼士さんは私の前で膝を折り、こぼれ落ちた涙を優しく拭っていく。

「菫子、俺たちがいない間にさくらとなにがあったのか教えてくれないか？」

隼士さんに聞かれ、さくらさんが自分で珈琲をかけたと伝えた。

「まさかとは思ったが、本当にさくらが自分で珈琲をかけて、それを菫子のせいにするなんて……」

私の隣に腰を下ろした隼士さんは頭を抱えた。

「だけど、なぜさくらはその行為に至ったんだ？　なんの前振りもなく急にやったのか？」

「それは……」

どうしよう、なんて説明をしたらいいだろうか。

さっきの説明ではさくらさんの気持ちや、私がさくらさんに言われた話を話していない。だってどんなにひどいことをされたとしても、さくらさんの気持ちを勝手に隼士さんに伝える権利は私にはないもの。

だけどさくらさんの気持ちを伝えないことには、説明がつかない。それに私も彼女の言葉を伝えるのに躊躇してしまう。

彼は一度も私に対して仕事を続けるのをとがめてこなかったし、旭との関係に言及もしなかった。

でも実際はどう思っているのかわからない。いくら私を好いてくれていたとしても、彼にとって私は理想の奥さんではない可能性もある。

それを隼士さんの口から直接聞くのが怖い。

「菫子?」

隼士さんは優しい声で私の名前を呼ぶ。そんな彼に対し、私はギュッと唇を噛みしめた。

「ごめんなさい、それは言えません」

「えっ?」

さくらさんの気持ちを言うわけにはいかない。そしてさくらさんが私に言った言葉を彼に伝えることができなかった。

『立ち向かう強さをください』

「……さん、田辺さん」

肩を叩かれた瞬間に我に返る。

「交代するから休憩してきて」

「あ、はい。ありがとうございます」

先輩に受付業務をお願いし、私は一時間の休憩に入った。

向かった先は会社近くの公園。冬の今の時期、少し肌寒いかと思ったけれど、日差しが心地よい。

「いいお天気」

いつもだったらお弁当を社員食堂で食べているところだけれど、ここ最近は食欲がなくて飲み物だけで済ませている。

ベンチに座り、途中で買った野菜スムージーを飲みながら空を見上げた。

隼士さんの実家に行った日から二カ月近くが経った。あの日、お義父さんの話は海外出張に関してだったらしく、二週間後に隼士さんは出張に出た。

行き先はアメリカ、イギリスやフランスといったヨーロッパ。そして最後にアジアを回ってくるらしい。現地の製造工場の視察や、販売展開の打ち合わせ、販売店舗との交渉など多岐に亘《わた》るよう。

その精鋭五名の選出をお義父さんは隼士さんに託したようで、出張に出るまで隼士さんは慌ただしく過ごしていた。

おかげであの日の話をするどころか、顔を合わせる機会も少なかった。隼士さんは朝早くに家を出て帰りも遅く、すれ違いの日々だったから。

でも出発前、彼は私を安心させるためにか、出張のメンバーの中にはさくらさんもいることを話してくれた。出張中は毎日連絡してくれると約束し、そして戻ったら改めて話をしようと言っていた。

スムージーを飲みながらスマホを手に取り、彼とのメッセージのやり取りを見返す。

時差があるから挨拶のやり取りが主だ。ほかに隼士さんは各国の風景やその日の出来事なども送ってくれて、私もどんなふうに一日を過ごしたか、こういった青空が綺麗な日に撮った写真を添付して送っている。

仕事とはいえ、さくらさんとずっと一緒にいると思うと不安がないと言ったら嘘になるけれど、毎日送られてくる彼のメッセージが私を安心させてくれている。

「隼士さんが帰ってくるまで、あと二週間……か」

帰ってきたらしようと言っていた話は、彼の実家での一件に関してだろう。

あれからお義父さんお義母さんとは会ってもいないし、連絡も取っていない。そもそも結婚後、一年間のうちで会ったのは三回だけ。

それでもあの日はちゃんとふたりに説明をせずに帰ってきたため、別日にひとりでも訪ねようかと思った。

しかし隼士さんが出張に出てからというもの、連日体がだるくて、食欲もない。こんな状態ではまともに話ができないと思い、いまだにお義父さんとお義母さんに会って説明はできていない。

またさくらさんがご両親になにかを言ったりやったりしたら……と思ったけれど、彼女は隼士さんと出張中。その心配がないのが救いだった。

「どうしたらいいのかな、私」

隼士さんがいない間、いろいろとひとりで考えていた。できることなら今の生活を続けていきたい。私を受け入れてくれた月森銀行に貢献していきたいし、なにより働けることが楽しいから。でもそれは私のワガママではないだろうか。

逢坂食品を背負っていく隼士さんと結婚したならば、家庭に入るべきだった。

きっとこの先、隼士さんは立場的にもっと忙しくなる。これまでは私も働いている
からという理由で、大切なパーティー以外は隼士さんがひとりで出席していた。
しかし本当は私も一緒に出席するべきなのだ。でもそうなれば、休暇を申請する日
が増えて、会社に迷惑をかけることになるかもしれない。
「そろそろ潮時なのかも」
働くのが楽しくて、そして隼士さんの優しさに甘えてズルズルときたけれど、彼の
奥さんとしての務めを果たすべき時がきたんだ。
それに今の私では、どんなに隼士さんが好きという気持ちが大きいとしても、行動
に移せていないことでまったく説得力がないし、彼のご両親やさくらさんに隼士さん
の妻として認めてはもらえないだろう。
そう頭ではわかっているのに、これが正しい選択なのか迷いがある。
ふと、頭に浮かんだのは聖歌ちゃん。
ずっと体調が悪くて料理教室を休んでいたため、昨夜、心配した彼女からメッセー
ジが届いた。
【もしかして体調が悪いんじゃなくて、なにかあったの？　私でよかったらいつでも
話を聞くよ】と書かれていて、相談しようか迷っていた。

「甘えてもいいかな？」

ひとりで考えても、これが正解なのだと自信を持って言えない。それなら誰かに頼ってもいいよね。

私は聖歌ちゃんに、今夜少し会えないかとメッセージを送った。

勤務時間を過ぎ、着替えを済ませて向かった先は聖歌ちゃんとの待ち合わせ場所である大衆居酒屋。

こういったお店に入るのは初めてで、私は店の外で聖歌ちゃんが到着するのを待っていた。

「ごめん、菫子ちゃんお待たせ」

「ううん、私も今来たところだよ」

駆け足で来てくれたようで、聖歌ちゃんは呼吸を整えながらドアを開けた。

「先に入っていてもよかったのに」

「あ……うん、あと少しで来るだろうから待っていようかなって思っていたんだ」

この店を指定したのは聖歌ちゃんだ。なんでも格安でおいしいお酒と料理が食べられるらしい。

実際にメニューを見ると、どの料理も信じられないほどの安価だった。そのせいもあってか店内はほぼ満席で騒がしい。

でもこれくらい騒がしいほうが相談しやすくて助かった。

しかし食欲はやっぱりわかなくて、すきっ腹にビールはまずいと思って私はウーロン茶。聖歌ちゃんはビールを注文してまずは乾杯をした。適当に頼んだ料理が次々と運ばれてきて箸を伸ばす。

「おいしい」

私が食べたのはきゅうりの浅漬け。塩加減がちょうどよくて、これならいくらでも食べられそう。

「でしょ？　二十歳になってから両親と一緒に来て以来すっかりはまっちゃって。だからこうして菫子ちゃんと来られてうれしいな」

きっと聖歌ちゃんが一緒じゃなかったら、なかなか入る機会はなかったと思う。ウーロン茶を飲みながら周りを見回すと、仕事帰りの人たちがほとんど。飲んだり食べたりしながら、みんな楽しそうに過ごしている。

「こういうところに仕事帰り、ちょっと来てみたかったの」

「本当？　じゃあここにして正解だったね。また来よう」

「うん！」

いつか隼士さんも連れてきたいな。なんて、ふとした瞬間に彼を思い出して苦笑いする。

「どうしたの？　董子ちゃん」

「今度隼士さんも連れてきたいなって思って」

「じゃあふたりで来た際は、旦那さんがどんな反応だったか教えてね」

「……わかった」

その時にはすべての問題が解決していて、楽しい時間を過ごせたよって報告ができたらいいな。

その後もさっぱり系のおいしい料理をつまみながら、他愛ない話で盛り上がる。そして聖歌ちゃんが注文した二杯目のビールが届いた頃。

「それで董子ちゃんが相談したいことってなに？　料理教室を休んだこととなにか関係があるの？」

「ううん、ない……ような、あるような」

「えぇーどっちなの？」

クスクスと笑いながら言う聖歌ちゃんに、私は隼士さんの実家での出来事をすべて包み隠さずに打ち明けた。

さくらさんに言われた内容を話した際は「なにそれ！」と声を荒らげた聖歌ちゃんだけれど、一回こらえて最後まで私の話を聞いてくれた。

「そっか。悔しいけれど、それを言われちゃったらいろいろと考えちゃうよね」

聖歌ちゃんは私の気持ちに共感してくれて、「でも、だからといって自作自演した行為を董子ちゃんのせいにするのはだめだよ」と言う。

「えっと、整理しようか。まずさくらさんだけど、ひどいことを董子ちゃんにしたんだから気遣う必要なんてないと思う！　さくらさんの気持ちも含めて、ちゃんと旦那さんになにがあったのか伝えるべきだよ。それでご両親への誤解も早く解かないと」

「やっぱりそうだよね。でもさくらさんの気持ち、本当に私が言っちゃってもいいのかな？」

迷いがあって尋ねると、聖歌ちゃんは「いいに決まってるよ」と即答した。

「先に仕掛けたのは向こうでしょ？　それなりの報いは受けるべきよ。それに悪いことをしたら絶対に神様が見ているの。罰が下されるわ」

喉が渇いたのか、聖歌ちゃんはビールを半分くらい一気飲みして続ける。

「それと仕事や幼なじみさんについてだけど、こればかりは私からはなにも言えないかな」

「えっ？」

意外な返答に驚くと、聖歌ちゃんはその理由を話してくれた。

「仕事に関しては董子ちゃんが決めるべきでしょ？　もうやりきった、辞めても後悔しないと思うなら辞めてもいいと思う。でも少しでも迷いがあるなら、続けたいって旦那さんに伝えたらいいんだよ」

そうだよね。仕事を続けたいと思ったのは私の意思だ。終わらせるのも私自身が決めなくてはいけない。

「幼なじみさんとの関係はふたりにしかわからないことだし、そこは旦那さんがどう思っているかじゃないかな？　でもそれで会社？　仕事に影響が出るかもしれないならやっぱりちゃんと旦那さんと話し合うべき。まぁ、これも私は董子ちゃんの気持ちだと思うな」

「うん、そうだね」

今まで隼士さんに聞かれていないけれど、彼がどう思っているか知りたい。

「私のせいで隼士さんの仕事に影響が出ることはしたくない。でも、私と旭はお互い友達以上の感情を抱いていないのに、周りの目を気にして関係を壊したくもないんだ」

「じゃあそれをそのまま旦那さんに伝えたらいいよ。私はきっと菫子ちゃんの旦那さんならわかってくれると思うけどな」

「ありがとう、聖歌ちゃん」

やっぱり聖歌ちゃんに相談してよかった。

「隼士さんが帰ってくるまでに自分の気持ちに答えを出して、ちゃんと話してみる」

「うん、がんばって。私でよかったらいつでも話を聞くからね」

「ありがとう」

聖歌ちゃんは私の体調も心配してくれて、もしかしたらいろいろ考えちゃってストレスが原因かもしれないから、数日経ってもよくならないようなら病院に行くよう勧められた。

でも今夜は聖歌ちゃんに話せたおかげもあって、居酒屋でいつも以上に食べられたし、気持ち悪さもない。

きっとこの問題が解決したら調子もよくなるはず。

その後は些細な話で盛り上がり、今度の料理教室で会う約束をして帰路に就いた。

次の日からも、多少の吐き気や気分不快があったものの、以前よりは改善してきた。

そして私は自分の気持ちと何度も向き合い続けた。

隼士さんが帰ってくる二日前の夜。私はリビングで便箋にペンをすべらせていた。

「できた」

ペンを机に置き、誤字脱字はないか確認する。何度か失敗しては書き直して完成したのは退職願。ずっと考えて悩んで迷い、やっと出した答えだ。

勤め始めた頃は、自分だけの居場所ができたみたいでうれしくて、なにより仕事が楽しくて仕方がなかった。

でもこの仕事がなによりも大切かと聞かれたら、答えはノーだ。私にとって大切なのは隼士さんとの幸せな生活だから。

愛する人を支えたいし、今後、彼はもっと忙しくなるだろう。そこで私も仕事をしていたらともに過ごす時間が減る。仕事を失うことより、隼士さんとの時間を失うほうがつらいもの。

旭とだって身分を偽って接していたから誤解されたんだ。きっとこれまで通り、社交の場やプライベートで会うぶんなら、なんら疑われないだろう。

だって私たち、もうずっとそうやって関係を続けてきたのだから。

明後日に隼士さんが帰ってきたらすべてを話して、それから退職願を出す前に旭や家族にもちゃんと伝えよう。

「明日は仕事が終わったら、隼士さんのために好きな料理をいっぱい作っておかないと」

久しぶりの日本だもの、きっと日本食が恋しくなっているよね。

仕事終わりにスーパーに寄って買う食材をメモして、ベッドに入る。そして一日の終わりに見るのは隼士さんから送られてきたメッセージ。

「あ、すごくおいしそう」

今は韓国《かんこく》にいるらしく、現地のスタッフと食べたというホルモンの鉄板焼きの写真が送られてきた。

それと、今のプロジェクトが落ち着いたら長期休暇を取得するつもりだから遅くなったけど新婚旅行に行こうと綴《つづ》られていた。

今回の出張で各国を回り、私に見せたい景色や食べさせたい物がたくさんあるそう。

それがうれしくて頬が緩む。

じゃあそれまでにこの体調も万全にしておかないと。まだ食欲は完全に戻らないし、ふとした瞬間に急に吐き気に襲われていた。

それに体はだるいし、毎日眠くて仕方がない。大丈夫だと思っていたけれど、聖歌ちゃんの言う通り一度病院で診てもらったほうがいいのかも。

隼士さんが帰ってきても治らなかったら、ちゃんと受診しようと決め、彼に【おやすみなさい】とメッセージを送って眠りに就いた。


次の日の夕方。定時で仕事を終えて着替えを済ませる。同僚たちに挨拶をしながら控室を出て廊下を進み、正面玄関へと向かった。

多くの退勤社員で混雑している中を進んで外に出ると、大きなキャリーケースを手にした女性が、玄関から出てくる社員の顔を一人ひとり確認していた。

「あれって……」

一度しか会っていないし、今日はスーツ姿だから別人かとも思ったけれど、間違いない。さくらさんだ。

彼女だと気づくと思わず足が止まる。だけどなぜさくらさんがいるの？　隼士さんと一緒に出張に出ていたのだから、帰ってくるのは明日のはず。

疑問に思っている私に気づいた様子の彼女と目が合った。

「あっ」

さくらさんはホッとした顔を見せ、キャリーケースを引いて私のもとへ駆け寄ってきた。

「よかった、会えて」

彼女はそう言うけれど、私はなんて返したらいいのかわからずにいた。

だってあんな別れ方をしたのに、なぜこうも普通に声をかけてくるの？　もしかして今度は私が会社にいられないよう、なにかするつもり？

私が警戒心を強めていると感じ取ったのか、さくらさんは小さく息を吐いた。

「私を許せなくて当然だと思う。だからこそ話をさせてほしいの。私に時間をくれない？」

いったいなんの話だろう。本当に言われるがまま彼女についていっても大丈夫？

でも私もさくらさんとちゃんと話をしたいと思っていた。あの時は言えずにいた隼士さんに対する想いと、私の覚悟を伝えたかったから。

遅かれ早かれ対峙するなら、それが今だっていい。

「わかりました」

「よかった。じゃあ近くのカフェでも入りましょう」

そう言って先に歩き出したさくらさんの後を追い、会社近くにあるカフェに入った。

お互い珈琲と紅茶を注文して、イートインスペースへと移動する。そしてひと口、ふた口飲んだところでさくらさんが先に口を開いた。

「ついさっき出張から戻ってきたところなの」

「さっき、ですか？」

「予定より一日早く日程が終わって。でも隼士君は足を延ばせなかった地方に向かうと言って残ったわ。明日戻るそうよ。だから董子さんに会うチャンスは今日しかないと思ったの」

次の瞬間、さくらさんは厳しい目を向けた。

「最初に言っておくけど私、あの日について謝るつもりはないから」

〝あの日〟とは間違いなく彼の実家での一件だろう。

「今回の出張はチャンスだと思ったの。伯父さんと伯母さんも、私のことをかばってくれたでしょ？　ふたりが揺らいだら、きっと隼士君も私のことを見てくれる。だから董子さんに対する印象が悪い間に、隼士君のことを奪っちゃおうと思った」

嘘、もしかして隼士さんは言わないだけで出張中にさくらさんとなにかあったの？

「出張中の隼士君もカッコよかったわ。近くで隼士君の仕事ぶりを見て、やっと今まで培ってきたものが報われると思った。隼士君のそばにいるべきは私なんだって」

ううん、そんなわけがない。隼士さんは裏切るようなことをする人じゃないもの。

一瞬心が揺れて不安が広がったものの、すぐに払拭する。

「出張中に隼士君となにがあったか、知りたくないですか？」

私を試すような言い方をするさくらさんに、私は強い気持ちを持って答えた。

「いいえ、大丈夫です。私は隼士さんから聞いた話しか信じませんから」

私の話を聞き、さくらさんは大きく目を見開いた。

「それに、私もあの日のことを許すつもりはありません。お義父さんとお義母さんにも改めて説明させていただきます。それと仕事は辞めて家庭に入り、隼士さんを支えていくつもりです。なにがあっても隼士さんだけは奪われたくありませんから」

臆することなく言い返したところ、さくらさんはなぜか頬を緩めて大きなため息を漏らした。

「あーあ、もう嫌になっちゃう」

「え？　さくらさん？」

さくらさんは急に笑みをこぼして、珈琲を飲みながら背もたれに体重を預けた。

「情に訴えれば、さすがの隼士君も少しは心が揺らいでくれると思ったのに、完膚なきまでにはっきりと振ってくれちゃうんだもん。もう長年募らせた恋心も一気に消えちゃうよね」

「え？　……え？」

どういうこと？　もしかして出張中にさくらさんに告白をしたの？

状況がのみ込めない私を見てさくらさんは姿勢を戻し、身振り手振りを交えて話してくれた。

「好きだって告白をしても迷いなく振るのよ？　それでどれだけ董子さんが好きなのか聞かされてさ。あんな隼士君、初めて見たからびっくりしちゃった。もうだめだ、どんなにあがいても隼士君は奪えないって思わされちゃったんだよね」

笑って話すさくらさんだけれど、その目は少しずつ赤く染まっていく。

「それになに？　董子さんってば、私に言われて仕事を辞める決心をしちゃったんでしょ？　これじゃ私、もう董子さんになにも言えなくなっちゃうじゃない」

この前に会った時とは別人のようで戸惑いを隠せない。だってまさか、こんなにあっさりとさくらさんが隼士さんをあきらめるなんて、夢にも思わないじゃない。

「それで月森銀行の息子さんとはどうするつもりですか？」

旭との関係——。悩みに悩んで出た答えがある。

「旭とはこれまでの関係を変えるつもりはないです。私にとって旭は幼なじみで大切な友人ですから。それは一生変わらないんです。きっと隼士さんもわかってくれると信じています」

旭とは物心がつく頃からずっと一緒にいて、もう家族に近い存在。それを隼士さんはわかってくれる。

その思いで言うと、さくらさんは目を閉じて「そっか」とつぶやいた。

「いよいよ初恋に終止符を打たなくちゃいけなくなったみたいね」

ボソッとつぶやいてさくらさんは残りの珈琲を一気に飲み干した。

「最初にも言ったけど、あの日について謝るつもりはないわ。あの時のあなたは隼士君に見合う女性じゃなかったから」

「はい、それでけっこうです」

私もやっぱり許せないもの。

「それと今回の出張を通して私は海外で働くほうが合っていると思って、伯父さんに海外支社での勤務を希望するつもり。だから董子さんにもほとんど会えないと思う」

ひと呼吸置き、さくらさんは真っすぐに私を見つめた。

「隼士君をあきらめるにはまだ時間が必要だしね。でもこの先、私にも隼士君以上のカッコいい恋人ができて幸せになれたら、その時は董子さんに自慢しに来るから覚悟しておいて」

指をさされて言われた言葉に面食らうも、さくららしくて頬が緩んだ。

「わかりました。その時を楽しみに待ってますね」

「やだ、董子さんってばけっこう言うじゃない」

「さくらさんほどじゃありませんよ」

そんなやり取りをして、どちらからともなく笑ってしまった。

きっと気持ちを消すのは簡単ではない。私だって隼士さんに想い人がいて離婚を切り出しても、すぐに忘れられる自信なんてなかったもの。

だから会わないのが一番いいんだ。

カフェを出て並んで駅へと向かう中、さっき最後に紅茶を一気飲みしたせいか、それともさくらさんとの問題が解決して安心したからか、なんとなく気持ち悪くて少し目眩《めまい》がした。

でもせっかくさくらさんが駅まで一緒に行こうと誘ってくれたので断われず、どうにか歩を進めていく。

「そうだ、さっき言い忘れたけど、あの日のことは私から伯父さんと伯母さんに話しておくから」

「え？　さくらさんからですか？」

「ええ。私が全部悪いしね。あ、だからといってあなたに謝るつもりはないからね？　伯父さんと伯母さんを騙したままなのが気分悪いだけ」

早口でまくし立てるさくらさんの耳は、街灯に照らされて少し赤く見える。意地悪な人だと思っていたのに、実は思いやりがあってツンデレだったりするのかな？

なんとなくさくらさんがどんな人なのかわかって、心が温かくなる。

「ありがとうございます、助かります」

素直に感謝の思いを伝えると、さくらさんは照れくさそうに「だから菫子さんのためじゃないって言っているでしょ？」と言う。

もし違うかたちで出会えていたら、さくらさんとはいい関係を築けていけたかもしれない。なんて思ってしまった。

駅に到着し、お互い足を止めた。

「それじゃ菫子さん、元気でね」

「はい、さくらさんも。お仕事がんばってください」

笑顔で答えたものの、立っているのもやっとだった。

さくらさんと別れたらすぐにタクシーを拾って、病院に行ったほうがいいかもしれない。

「ええ、ありがとう」

そう言ってさくらさんが背を向けて歩き出し、私もタクシー乗り場へと向かおうとした瞬間、目眩に襲われた。

体は大きくふらつき、その場に倒れていく。

「え？　菫子さん？」

私のバッグが落ちる音に気づいたのか、さくらさんが慌てて駆け寄ってきた。

「嘘、どうしたの？　菫子さん！　大丈夫⁉」

心配そうに私の体を起こす彼女になにか言いたいのに、口がうまく動いてくれない。

周りに人が集まってくるのを感じながら、私はゆっくりと意識を手放した。

『なにがあっても、キミと未来を歩んでいきたい　隼士SIDE』

『ごめんなさい、それは言えません』

俺にならきっと話してくれる。それは自分の思い違いだった。

ロンドン・ヒースロー国際空港。

ターミナルにある土産店で、俺は菫子へのお土産を選んでいた。

菫子の好きな紅茶はたしかダージリンだったはず。そう思い出しながら、ほかにも紅茶に合うお菓子や雑貨を見て回っていると、背後から肩を叩かれた。

「隼士君、早くしないと搭乗時間に間に合わなくなるよ」

「悪い、もうそんな時間か。急いで買ってくる」

手に持っているものだけ会計を済ませ、俺を待っていたさくらのもとへと向かう。

「買い物は終わった？」

「あぁ。鏡が呼びに来てくれて助かった。だが、いくら周りにみんないないとはいえ、名前で呼ぶのはやめろ。今は仕事で来ているんだ」

注意して先に歩き出すと、さくらは頬を膨らませてすぐに俺の隣に並ぶ。

「えぇー、別に今は移動中だしいいじゃん」

「だめだ。いつかボロが出たらどうする」

「大丈夫、ふたりっきりの時以外は絶対に隼士君なんて呼ばないから」

そう言って屈託のない笑顔を向けられると、昔からなにも言えなくなる。

出張前、実家でさくらと董子の間になにがあったのかいまだわからずにいた。董子が話してくれない以上、こちらから無理に聞き出せない。

さくらに聞くこともできたが、俺はほかの誰でもない董子から直接話を聞きたかった。……なんていうのは、俺のエゴかもしれないが。

ちょうどタイミングよく今回の出張が入った。少し董子にも俺にも時間が必要だと思ったからいい機会だろう。

出張に出る前、董子に戻ったら話をしようと伝えてきたし、きっと戻ったらなにがあったのかを話してくれるはず。

そう信じて毎日欠かさずにメッセージを送り続けていた。

「あ、隼士君。あれおいしそう。飛行機の中で食べない？」

「食べない。ほら、みんな待ってるんだろ？　早く行くぞ」

「少しくらい大丈夫だよ」

「だめだ」

俺の腕を掴んで引き止めるさくらの手をほどき、先を急ぐ。すると彼女は渋々後をついてきた。

実家での一件について、父さんは菫子がさくらに珈琲をかけたとは信じがたいと言っていたが、母さんは完全に信じている。母さんにとってさくらは実の娘のような存在で、下手したら俺よりもかわいがっているかもしれない。

そんなさくらが泣いて訴えてきたんだ、信じるなと言うほうが難しいだろう。

俺にとってもさくらは妹のような存在だから、自分自身に珈琲をかけて菫子を悪者にしたなど信じたくなかった。

でも菫子は絶対にそんなことはしない。たとえばさくらが転んで、その拍子にカップが落ち珈琲をかぶったなど、事故であってほしいと願っている。

ただ、どんな事実だろうと俺は菫子の味方でいたい。この気持ちだけは変わらなかった。

イギリスの次に向かった先はフランス。ここでも他国のように製造工場の視察や販売店への営業、打ち合わせなど慌ただしく過ごしていく。

観光などできる余裕もなかったが、移動中の車内から見える景色や郷土料理を通して、それぞれの国を楽しんでもいた。

そしてアジアへと移り、シンガポールで過ごす最後の夜。

この日は早くに仕事が終わり、出張メンバー全員でホテルのラウンジを訪れていた。

アルコールが入るとすっかり無礼講となり、酔った若手ホープが話し始めた。

「俺、最初は本当に逢坂先輩が怖くてたまらなかったんですよ。にこりとも笑わないし、まるでロボットみたいに仕事しているし」

「ちょっと言いすぎ！と言いつつ、私も同感です！　最初は一緒に仕事したら息が詰まると思いましたから」

「俺も俺も！」

次々と言われ、軽くショックを受ける。

会社のトップに立つ者として、誰よりも仕事をするのはあたり前だと思っていた。

そして俺の存在はわずらわしいだろうと思い、必要以上に各部署で交流を持とうとしなかったが、まさかそんなふうに思われていたとは……。

思った以上に与えられたダメージをごまかすように、一気にビールをあおる。

「なるほど、逢坂さんはそんな感じだったんですね」

みんなの話を聞いてさくらは愉快そうに笑う。

「あ、でもそれは昔の話ですからね！　なんていうか逢坂さん、結婚してから雰囲気が変わりましたよね」

「そうそう、変わった！　表情がやわらかくなったし、話しかけやすくなりました」

「それはやっぱり奥さんのおかげですか？」

からかい口調で聞かれ、とっさに違うと否定しようとしたが思いとどまる。

俺自身は仕事に挑む姿勢を変えたつもりはない。だが、周りがそう感じるのなら理由は菫子の存在しかない。

「そうかもしれないな。俺、奥さんを愛しているから」

素直な思いを口にした瞬間、みんな信じられないものを見るような目を俺に向けた。

「なんだ？　その目は」

そっちがからかうから答えたまでだというのに。

するとみんな顔を手で覆った。

「なんですか、愛しているって」

「奥さんがうらやましすぎます」

「逢坂先輩、男だけど惚れるっす」

口々に言われ、気恥ずかしくなるが悪い気はしない。

「じゃあ早く日本に帰りたいですよね」

「いいなぁ、俺も早く結婚したい」

そうだな、早く日本に戻って董子に会いたい。会って顔を見て声を聞いて、そして思いっきり抱きしめたい。

その後もみんなから董子との結婚生活について聞かれ、タジタジになるも答えられるものだけ答えたらみんな満足していた。

一方で、さくらだけは会話に入ってこなかったことが気になっていた。

お開きになったのは日付が変わってからだった。

「それじゃまた明日」

「お疲れさまでした」

エレベーターホールで解散し、それぞれの部屋に向かう。すると「隼士君！」と言ってさくらが俺を呼び止めた。

「鏡、呼び方について何度言ったらわかるんだ？」

足を止めて注意した俺の腕を掴み、さくらは歩を進めていく。

「おい、さくら」

とっさに彼女を名前で呼ぶが、さくらは足を止めず自分の部屋へと向かっていく。

そして自分の部屋の鍵を開けると、俺を部屋の中に引き入れようとした。さすがにまずいと思い、勢いよくさくらの腕を振り払った。

「部屋には入れない」

「わかってる。でもどうしても相談したいことがあるの。お願い、三十分……ううん、十分でいいから」

今にも泣きそうな顔で懇願され、困惑する。

「みんながいる前じゃ言えないし、心配ならドアは少し開けたままでもいい。だからお願い」

さくらがここまで言うのだから、なにか仕事上の悩みなのかもしれない。さすがにここは無視できないよな。

「わかった」

「ありがとう、隼士君。入って」

うれしそうにドアを開けたさくらに招き入れられ、部屋に足を踏み入れた。そしてドアが閉まった瞬間、背後からさくらが抱きついた。

「おい、なにして……っ」

「ずっと好きだったの！」

俺の声を遮り叫ぶように放たれた言葉に動きが止まる。

「物心ついた頃から隼士君が好きだった。隼士君のお嫁さんになりたくて、勉強も運動もがんばったし、少しでも役に立ちたいから海外留学もしてたくさん学んできた」

さくらがずっと俺を好きだった？　そんなそぶり、今まで一度も見せてこなかったよな？

信じがたい話にぼうぜんとなる中、俺に抱きつきながらさくらは続けた。

「それなのに、私が留学中に結婚しちゃうなんて……っ。ねぇ、隼士君。私じゃだめなの？　だって菫子さんとは政略結婚だったんでしょ？　私だったら仕事でもプライベートでも隼士君の力になれるし、支えられる。私以上に隼士君に見合う人はいないよ？」

さくらの切実な想いを聞き、彼女は本当にずっと昔から俺を想ってくれていたと伝わってくる。

「一度でいいから私を恋愛対象として見てほしい。私にチャンスをちょうだい」

きっと俺も、一人前になるための途中に薫子が俺以外の男と結婚したら、さくらと同じ行動に出るだろう。

一度も恋愛対象として見られないままにあきらめたくない。相手と同じ土俵に立ちたいと思うはず。

だから気持ちは痛いほどわかる。わかるからこそ、はっきりと言うべきだ。

彼女の手をほどいて、大きく距離を取った。するとさくらは今にも泣きそうな傷ついた顔をしていて胸が痛む。

しかしここで突き離さなければ、よりいっそう傷つける。

「この先もずっと俺はさくらの気持ちに応えられない」

突き放すひと言に、さくらの瞳は大きく揺れた。

「チャンスなどあげられないんだ。俺の心を占める相手は菫子ひとりだけだから。それは生涯変わらない」

これだけは自信を持って言える。なにがあっても菫子以外の女性を好きになれる自信などないから。

「絶対に……？　自信を持って言えるの？　私が隼士君の心に入ることはまったくないの？」

すがるように言うさくらに対し、俺は「自信を持って言える。菫子以外の女性が俺の心に入ることは絶対にないんだ」と伝えた。

「じゃあ……私が隼士君との縁を切ると言っても？　それほど菫子さんのほうが大切

なの？」

ポロポロと涙を流しながら訴えるさくらに、少しだけ心が揺れる。

さくらは従妹で昔から交流があったため、本当に家族のような存在だ。そんなさくらと縁が切れるのは寂しくもある。でも、それ以上に大切な存在がいる。

「俺にとって菫子はなににも代えがたいたったひとりの特別な存在なんだ。だけどそれと同時にさくらは従妹で、家族のような存在でもある。さくらとの関係をこの先も変えるつもりはない。……違う意味で、俺にとってさくらも大切なひとりだからだ」

「隼士君……」

残酷なことを言っていると自負している。でもこれだけは伝えたかった。

「どんなにさくらが俺との縁を切りたがっても、俺は応じるつもりはない。なにかあったら心配になるし、この先も気にかけるだろう」

昔からそうだったように、これからの未来でもそれは変わらない。

「なにそれ……ひどいよ、隼士君」

あふれ出る涙を拭いながらさくらは「本当にひどい」と繰り返す。

「そうだな、俺はひどいやつだと思う」

さくらを完全に突き放せないのだから。

「ごめんな、さくらの気持ちに応えられなくて」

さくらは怒るだろうから言えないけれど、幼い頃からずっと俺を想ってくれていたことに気づけなかったことを申し訳なく思うと同時に、うれしくも思う。

昔の俺はとにかく自分に自信がなくて、早く一人前になりたいと思っていたから。

そんな俺を好きになってくれたんだよな、さくらは。

ゆっくりとさくらとの距離を縮め、昔、よくさくらが泣くたびにやっていたように優しく頭をなでた。

「伝えてくれてありがとう」

感謝の気持ちを口にした瞬間、さくらの体がビクッと反応した。そして洟《はな》をすすり、首を横に振る。

「こっちこそはっきり振ってくれてありがとうっ……。でもごめん、今はまだ気持ちの整理がつかないから出ていってもらってもいい？」

「あぁ、わかったよ」

最後にさくらの頭をひとなでして、俺はそっと彼女の部屋から出た。そのまま自分の部屋へと向かい、ドアを閉めると同時に頭を抱える。

「きついな」

誰かの行為を拒否するのが、こんなにもつらいとは……。

そのままベッドに仰向けになり、腕で目を覆った。

だけどこうするしかなかった。一番さくらを傷つけない方法であったと信じたい。

この日の夜は、いつも薫子に欠かさずに送っていた【おやすみ】のメッセージを送信できなかった。


次の日。

さくらは何事もなかったように「おはようございます」と挨拶をしてきた。

しかし、これまでのように挨拶以外で声をかけてくることはなくなり、仕事の話しかしなくなった。それは最後の訪問国である韓国に入ってからも変わらなかった。

順調にスケジュールが進み、予定より二時間早く終わって俺たちは各自で市内を観光することにした。

俺は薫子へのお土産を見て回ったり、市街地の風景を写真に収め、薫子に送ったりして過ごしていた。

少し早かったがホテルに戻ると、ロビーにさくらの姿があった。少し気まずさを感じながらも「お疲れ」と言ってエレベーターホールへと向かおうとした時、「待って」と引き止められた。

「隼士君、ご飯は食べた？」

「いや、まだだけど……」

そう言うとさくらは屈託のない笑みを俺に向けた。

「じゃあ奢って」

「え？　あ、おい、さくら⁉」

強引に俺の腕を引き、ホテルの外に出ると迷いなくある飲食店へと向かっていく。

「さっきみんなと観光に回っていた時に、おいしそうなビビンバのお店を見つけたの」

「わかったから腕を離せ」

「やだ、こうして隼士君と過ごせるのは今日で最後だから我慢して」

意味深なことを言われ、それ以上俺はなにも言えなくなってしまった。

さくらに連れられてやって来たビビンバの店は繁盛していたものの、すぐに席に案内された。それぞれ注文を済ませると、少しして料理が運ばれてきた。そして食べている最中もさくらの話は止まらず、一方的に続いている。

「あーおいしかった！」

「それはよかった」

ただ単にビビンバを食べたかっただけなのだろうか。でもさっきのさくらの言葉が気になる。今日で最後ってどういう意味だ？

それがわからなくて彼女の出方を待つ中、さくらはひと息つき、「ごめんね、最後に隼士君に伝えたくて」と切り出した。

「隼士君にこっぴどく振られて、最初は全然気持ちの整理がつかなくて、避けちゃってごめんね」

「いや、かまわない」

さくらが昔のように話しかけてくれるまで、いつまでも待とうと思っていたから。

「あれから自分の気持ちと向き合って、それと同時に仕事もして。なんかいろいろと吹っきれちゃった。まだ時間はかかると思うけど私、隼士君を忘れられると思う」

声を震わせながらさくらは続けた。

「各国を回ってみて、私は海外で仕事をしてみたいって思ったんだ。だから帰国して今回のプロジェクトが落ち着いたら、伯父さんに海外支社への異動を希望するつもり」

「そうか」

たしかにこの出張中、さくらは生き生きと仕事をしているように見えた。英語だけでなくフランス語に中国語まで話せるから、どれほど助かったか。

そんなさくらの実力が発揮できるのは日本ではなく、海外なのかもしれない。

「隼士君への恋心は実らなかったけど、隼士君のために努力したことは自分のためでもあったわけじゃない？　その努力を無駄にしたくないし、大きなスケールで仕事をしてみたいんだ」

「応援するよ、さくらの夢」

きっとさくらなら、グローバルな活躍ができる人材へと成長するだろう。そんな彼女を心から応援したいと思う。

「ありがとう、隼士君。私は私なりの幸せを見つけたからもう大丈夫。それと、誰かを好きになって感じたうれしさやつらさ、もどかしさや迷い。さまざまな経験をさせてくれて本当にありがとう！　これからもずっと、私が大好きだった隼士君でいてね」

これが永遠の別れではないとわかっているのに、あまりにさくらが泣かせるようなことを言うから、最後ではないかと錯覚してしまう。

「なにかあったらいつでも頼ってくれ。その時は従兄《いとこ》として最大限力になるから」

「うん、ありがとう」

きっと彼女が俺を頼ることはないだろう。それでも万が一に頼ってきたら、喜んで力になりたい。

支払いを済ませてレストランを後にし、ホテルへと戻っていく。

「あ、そうだ。隼士君にもうひとつ話したいことがあったんだ」

思い出したように言って、さくらは顔の前で両手を合わせた。

「だけどなにを言っても怒らないって、約束してほしい」

「なんだそれ。いったいどんな話なんだ？」

俺が怒る前提の話だよな？

「それは約束してから話すよ。いい？　怒らないでくれる？」

そもそもあんな話をした後で、さくらを怒れるはずがない。

「わかったよ、怒らないから話してくれ」

そう言うとさくらはパッと表情を明るくさせ、「よかったー」と言いながら、とんでもないことを言いだした。

「実は伯父さんの家での珈琲の一件、あれは私の自作自演なんだよね」

「……は？」

思いもよらぬ話に間抜けな声が出た。それをさくらは俺が聞き取れなかったと勘違いしたようで「だから私がやったの」と繰り返す。

「菫子さんを窮地に追い込んでやろうと思ってやったんだ。今となっては悪いことをしたと思っているし、帰国したら伯父さんと伯母さんにもちゃんと説明しに行くから許してくれる？」

かわいらしくおどけてみせるさくらだが、これぱかりは怒らずにはいられない。

「許すわけがないだろう」

怒りが込み上がった瞬間、さくらは「怒らないって言ったじゃない！　嘘つき」と言って走り出した。

「おい、待て！　まだ話は終わっていない」

「私は終わったの！　帰国したらちゃんと菫子さんにも話しに行くから」

すぐにさくらを追いかけたものの、返ってきた言葉に足が止まる。そんな俺に気づいたさくらも立ち止まって振り返った。

「ごめんね、ふたりの仲をかき乱しちゃって。もう絶対にしないから」

さくらが菫子にしたことは許しがたい。でも菫子が俺に理由を話せなかったのには、ふたりの間になにかがあったからだと思う。

それならこれはふたりの問題だ。これ以上俺は口出しできない。

「もう二度とするなよ。相手が菫子以外であってもだ」

「うん、約束する」

さくらから董子に話すと言った以上、帰国してからもこの件に関しては董子から話してくれるまで待とう。

そう心に決め、さくらとともにホテルへと戻った。

それからも韓国での日程は順調に進み、一日早くすべての行程を終えることができた。しかしさくらたちが一日早い便で帰国する中、俺は韓国に残り、地方の販売店まで視察しに足を延ばして予定通りの便で帰国となった。

韓国の仁川《インチョン》国際空港で搭乗手続きを済ませ、董子に今から飛行機に乗って帰るとメッセージを送ろうとした時、急に着信した。

電話の相手はさくらからで、董子が倒れて昨日緊急搬送されたというものだった。

『私を見つけてくれてありがとう』

私の頬や髪を優しくなでる大きな手。その心地よさにゆっくりと瞼を開けると、真っ白い天井のクロスが目に入った。

「んっ……」

けだるさを感じながら首を動かして周囲を見回す。

「菫子……？」

聞こえてきたのは、隼士さんの心配そうに私の名前を呼ぶ声だった。

「隼士さん？」

彼の名前を呼んだ瞬間、隼士さんは私の手をギュッと握りしめて「よかった」と安堵した声を漏らす。

「私……」

たしかさくらさんが会社に来て、それでカフェに移動して話をしたよね。それから駅に向かってそれで……。

必死に記憶を呼び起こしていると、隼士さんがこれまでの経緯を話してくれた。

どうやら私は、さくらさんと駅で別れた直後に倒れて意識を失い、隼士さんが戻ってくるまで目を覚まさなかったとのこと。すぐにさくらさんが救急車を呼んで、私の安否が確認できた翌日に隼士さんに連絡をしてくれたそうだ。

「飛行機に乗る直前にさくらから連絡をもらって、移動中は生きた心地がしなかったよ。無事で本当によかった」

「ごめんなさい、心配かけちゃって」

本当なら二カ月ぶりに帰ってきた彼を笑顔で出迎えたかったのに。

「いや、俺のほうこそごめん。やはりみんなと一緒に予定通りに帰国していればよかった」

「ううん、そんな」

そうだ、帰ってきたら一番に言いたかった言葉がある。

「隼士さん、おかえりなさい。お仕事お疲れさまでした」

ベッドに横になったままだけれど、精いっぱいの笑顔で言うと、隼士さんは目を細めた。

「ただいま、菫子。……会いたかったよ」

「私もです」

ギュッと手を握り返し、隼士さんを見つめる。

本当に会いたかった。会って話したいことがたくさんあった。

すると、ドアを二回ノックした音が聞こえ「失礼します」と言って医師と看護師が部屋に入ってきた。

「よかった、目を覚まされたんですね」

「すみません、すぐにお伝えせずに」

隼士さんに支えられながら起き上がり、彼は医師の邪魔にならないように立ち上がって端に寄る。

「ちょっと診させていただきますね」

医師は聴診器で私の胸の音を聞き、脈拍を測ったりと診察していく。

「うん、とくに問題はないようですね。それと倒れた原因ですが」

ただ単にストレスだと思っていたけれど、違うの？　もしかしてなにか大きな病気が見つかったのだろうか。

一気に不安に襲われる。それは隼士さんも同じだったようで、緊張した面持ちで医師に問う。

「先生、妻はどこか悪いのでしょうか？」

隼士さんが聞いた瞬間、医師は満面の笑みを見せた。

「おめでとうございます。奥さんは妊娠七週目になります」

「えっ？」

「妊娠？」

医師の話を聞き、驚きながらお互い見つめ合う。

「はい、妊娠されています。奥さん、身に覚えはありませんか？」

医師に聞かれ、ここ最近の生活を思い返す。

ずっと食欲がなくて吐き気やけだるさもあった。でもそれは妊娠からくるものだったの？

「あ、私……最近全然食べられなくて。赤ちゃんは大丈夫でしょうか？」

栄養が行き渡らず、危険な状態になっていないか心配で思わず聞くと、医師は私を安心させるように微笑んだ。

「大丈夫です、順調に育っていますよ。食欲がないのはつわりが始まったからでしょう。今の時期は食べられるものだけでいいので、できるだけ食べるようにしてください。それとご主人」

「は、はい」

医師に言われ、隼士さんは慌てて返事をした。

「手続きや母子手帳の発行方法の説明、今後の受診についてご説明したいので明日、来院できますか？」

「もちろんです、伺います」

「わかりました。奥さんはひと晩入院して様子を診させていただき、明日ご主人と一緒に診察して問題がなければ退院でいいでしょう。では私はこれで。お大事になさってください」

医師に続き、看護師も「お大事になさってください」と言って病室から出ていった。

いまだ夢心地で信じられず、言葉を発することができない。

本当に私、妊娠しているの？　おなかの中に隼士さんとの赤ちゃんが？

おもむろに自分のおなかに手をあてる。すると隼士さんもそっと私の手に自分の手を重ねた。

「ここにいるんだよな？　俺たちの赤ちゃんが」

「いるんですよね？」

確認するようにお互い言うほどまだ現実感がない。でも、いるんだ、ここに。私と隼士さんの赤ちゃんが。

「あぁ。……菫子、どうしたらいいだろうか」

そう言って隼士さんは優しく私を抱きしめた。

「うれしくて、どうにかなりそうだ」

「隼士さん……」

彼の喜びがヒシヒシと伝わってきて、幸せな気持ちで体中が満たされていく。

「これからは体を大事にしないとな。無理はしないでくれ」

「はい、ありがとうございます」

さっそく隼士さんは過保護になり、私をベッドに寝かせて首もとまでしっかりと布団をかけた。

久しぶりの再会に、私たちは手を握り合ったまま会えない間の出来事などを伝え、会話を楽しんだ。

「また明日、来るよ」

「わかりました。おやすみなさい」

「あぁ、おやすみ」

面会時間ギリギリまで一緒にいてくれた隼士さんは、最後に触れるだけのキスをして「愛しているよ」なんて甘い言葉をささやき、病室を出ていった。

「……び、っくりした」

ナチュラルにキスをされ、あ、愛してるなんて……。ドキドキして心臓が張り裂けそう。

だけどすぐに睡魔に襲われ、私は幸せな気持ちで眠りに就いた。

次の日の朝にはまた隼士さんが来てくれて、ふたりで改めて医師の診察を受けた。エコーでまだまだ小さい赤ちゃんを初めて見せてもらい、私と隼士さんはもらったエコー写真を何度も見てしまった。

赤ちゃんも私も異常はなく、無事に退院となった。

それから今後の診察の流れや検査について説明を受け、病院を後にした足で市役所に向かい、母子手帳を発行してもらった。

「帰ったらもらったキーホルダーもバッグにつけよう」

「はい、そうですね」

エコー写真に母子手帳までもらい、自分が妊婦なのだと改めて思う。隼士さんに言われた通り、赤ちゃんのためにも体を大事にしないと。

隼士さんが運転する車で帰宅すると、部屋には妊娠の知らせを聞いたお互いの両親が駆けつけていた。

「おかえりなさい、ふたりとも」

「おめでとう、菫子！」

喜びいっぱいに駆け寄ってきたのは私の両親だった。

「体、大丈夫？　つわりはひどいのよね。あまりにつらかったら、実家に帰ってきてもいいのよ」

「そうだな、安定期に入るまでは家に帰ってきてもいいな」

勝手に話を進める両親に「ちょっと待って。私なら大丈夫だから」と止める。

「そうか？　まぁ、夫婦は離れるべきではないかもしれないが……」

「なにかあったら遠慮なく頼りなさいね」

ふたりを見ても、私の妊娠を喜んでくれているのが伝わってくる。それがうれしくて両親に「ありがとう」と感謝の気持ちを伝えた。

「できるだけ俺がサポートしますが、仕事でどうしても無理な時はお願いするかもしれません」

「ええ、その時はいつでも言って」

「私たちにとっても初孫だ。力にならせてくれ」

「はい、ありがとうございます」

隼士さんと両親が話している中、お義父さんとお義母さんが申し訳なさそうに私たちのほうへ歩み寄ってきた。

「ごめんなさい、董子ちゃん。あの時、さくらちゃんの話だけをうのみにしてあなたを信じず、傷つけてしまってごめんなさい」

お義母さんは涙ながらに私の手を握って、謝罪の言葉を繰り返す。

「いいえ、お義母さんは悪くありません。私もあの時、ちゃんと説明できずすみませんでした」

「なに言ってるの？　董子ちゃんこそなにも悪くないわ。昨夜、あなたが倒れたと聞いて、私のせいだと思ったの」

涙を流し続けるお義母さんをなだめるように、お義父さんはそばに寄り添った。

「母さんだけのせいじゃない。あの時、うやむやにした私の責任でもある。……董子ちゃん、つらい思いをさせてすまなかったね」

お義父さんにも深々と頭を下げられ、どうしていいのかわからなくなる。そんな私の気持ちを察したのか、隼士さんが間に入ってくれた。

「父さんと母さんが事実を知ってくれただけで十分だよな？　董子」

「はい。誤解が解けてよかったです。私なら大丈夫なので、本当に気になさらないでください」

私と隼士さんに言われても、ふたりの表情は晴れない。

「逢坂、董子もこう言っているんだ。お前たちがずっと気にしていたら董子も困るし、なにより赤ちゃんへの胎教にもよくない」

「春日井……」

お父さんに言われ、お義父さんは「そうだな」とつぶやいて小さく息を吐いた。

「母さん、めでたい席だ。今後、董子ちゃんと隼士をサポートしていくことで罪滅ぼしをしていこう」

「そうですね」

やっとふたりの表情も晴れ、六人でテーブルを囲んで両親たちは赤ちゃんのエコー写真を見ておおいに話が盛り上がった。

気が早い四人は、さっそくこれから赤ちゃん用品を買いに行くと言いだし、なにを買うか真剣に考えだす始末。

そんな両親たちにあきれつつも、みんなうれしそうで幸せな気持ちになる。

「そうだ、董子。あなた仕事はどうするの？」

思い出したようにお母さんに聞かれ、一気に私に注目が集まった。

「そうだな、妊娠した以上は考えたほうがいい。月森君のところにも相談しないといけないな」

「そうね」

まずは隼士さんに話してからと思っていたけれど、いつかは両親たちにも報告しようと思っていた。この場で話したほうがいいのかもしれない。

「あの、隼士さんが出張から戻ったら相談しようと思っていたのですが……」

書いてある退職願を思い出し、立ち上がって取りに行く。それをテーブルに置くと、隼士さんは「董子、これはいつ書いたんだ?」と説明を求めてきた。

「結婚する際、お父さんたちには仕事を辞めて家庭に入るべきだと反対される中、隼士さんだけは私が働き続けることに賛成してくれて、これまで甘えてきてしまいました。でも最近、いろいろと考えるようになって」

きっかけはさくらさんに言われたからだったけれど、でもおかげでこれからの生活を考えることができた。

「友人に、少しでも後悔するようなら辞めないほうがいいって言われました。でも私にとって大切なのは隼士さんとの生活で、今、仕事を辞めても後悔はないと思ったん働くことで多くを学べた。それに勤めていたからこそ隼士さんと出会えたのだから。

です」

「今後は家庭に入って隼士さんを支えたいです。出産に向けて準備をしながらでも、逢坂食品についてや業界事情などを学んで知識をつけたいですし、外国語の勉強も。この先、社交の場で少しでも役に立てるよう、人脈を広げるためにも茶道や生け花なども学んでいきたいと思っています」

それがきっとこの先、隼士さんの妻として役に立つ時がくると思う。

自分の思いを伝えると、両親たちは大きくうなずいた。

「菫子が決めたなら好きにしなさい」

「そうだな、隼士君もそれでいいだろうか？」

お父さんに言われ、隼士さんは戸惑いながらも「はい」と答えた。

「菫子が決めたなら、俺は反対しません。ただ、本当にいいのか？　仕事を辞めても」

心配そうに聞く隼士さんに、私はすぐ首を縦に振った。

「よく考えて決めたことですから。それに赤ちゃんもできましたし、タイミング的にもよかったんだと思います」

生まれてきてくれたら、愛情をたくさん注いであげたい。教えてあげたいこと、聞かせてあげたい、一緒にやりたいことがたくさんあるから。それに仕事ならいつだってできる。でも子育てだけはその時しかできないんだ。

「ありがとう、董子ちゃん」

「私たちも一緒にがんばるわ。あ、生け花なら私が教えてあげられるから協力させてちょうだい」

「本当ですか？　ぜひよろしくお願いします」

お母さんからも着付けも学んだらどうかと提案され、後日に先生を紹介すると言われた。

お昼の時間になり、ケータリングを頼んでさらに話は盛り上がる。結局お開きになったのは夕方だった。

「疲れたな、体は大丈夫か？」

「はい、平気です。私より隼士さんは大丈夫ですか？」

出張から戻ったばかりで病院に付き添い、両親たちも私以上にもてなしてくれた。

「大丈夫だ。ちょっと待ってて」

私をソファに座らせると、隼士さんはキッチンに入ってココアを淹れてくれた。

「しばらくカフェインはだめだからな」

「ありがとうございます」

隼士さんも私に合わせてココアにしたようだ。こんなところまで気遣ってくれてうれしい。でも――。

「隼士さん、私に合わせなくても大丈夫ですよ？　珈琲を飲んでくださいね」

「いや、俺もココアを飲みたかったから大丈夫」

なんて言うけれど、あきらかに私に合わせてくれたよね。

隼士さんが淹れてくれたココアは甘くてとてもおいしかった。

「あのさ、本当に菫子は仕事を辞めても大丈夫なのか？」

少しして彼はためらいがちに聞いてきた。

「はい」

「そうか。それならいい」

そうだ、隼士さんに話したいことがもうひとつある。

「あの、隼士さん」

「ん？」

聞く態勢に入った隼士さんに、旭について打ち明けていく。

「結婚式で軽く紹介したのでご存じだと思いますが、私には旭っていう幼なじみがいます」

旭の名前を出した瞬間、少しだけ隼士さんの顔が強張る。やっぱり私と旭の関係で周りに誤解され、なにか言われたりしたのだろうか。

そんな不安に襲われたものの、話を続ける。

「私も旭もお互いに友達以上の感情を抱いていません。ただ、異性という理由から社内で噂が立ちました。そのせいで隼士さんの仕事に影響が出るかもしれないとある人に言われて、旭との関係を考えるべきかも悩んでいたんです」

「そうだったのか」

私が旭とのことで悩んでいたとは思わなかったようで、隼士さんは驚きの声をあげた。

「でも旭はこの先もずっと大切な友達です。それなのに離れるのは間違っている気がして……。隼士さん、私はこれからも旭とはいい友人関係を続けていくつもりでいます。でもそのせいで変な噂が立って隼士さんに迷惑をかけないかが心配で……」

そこまで言いかけた時、隼士さんは「気にしなくていい」と私の声を遮った。

「月森君が董子にとって大切な友達だとはわかっているから。そのことで俺が迷惑に思うわけがないだろ？　仮になにか言ってくるやつがいたら、俺がなんとかする」

「隼士さん……」

やっぱり隼士さんだ。私の気持ちを理解してくれた。

「俺も最初は菫子と月森君の関係を疑っていたんだ。それでその……月森君をさりげなく牽制していた」

旭から事前に聞いていても半信半疑だったけれど、実際に本人の口から聞くと事実なのだと実感する。

「それだけじゃない。菫子に邪な気持ちを持つなと堂々と釘をさした。悪いな。俺は器が小さく、独占欲も強いし嫉妬深い。……嫌いになったか？」

そう聞いてきた隼士さんは不安げで、初めて見る表情に彼には申し訳ないけれどかわいいと思う。

必死に笑いをこらえていると、隼士さんが私の顔を覗き込んできた。

「菫子？」

「ごめんなさい。……嫌いになるわけがありません。私はどんな隼士さんも大好きですから」

それに嫉妬してくれるのは、それだけ私を想ってくれている証拠。独占欲だって私はうれしいから。

私の返事を聞き、隼士さんは安心したようで表情を緩めた。

「そうか、じゃあ今後は遠慮しなくてもいいな」

「えっ？　あっ」

私が手にしていたマグカップを奪って自分のカップとテーブルに置くと、隼士さんはそっとキスを落とす。

触れるだけのキスは一度だけで、すぐに口を割って舌が入ってきて甘いキスに翻弄されていく。

「んっ……隼士さん、苦しいっ」

胸を叩いてもやめてくれず、さらに口づけは深くなる。

「うん、もう少しだけ」

もう少しだけと言っていたのに、しばらくの間キスをされ続けた。

それから私は早々に会社に退職願を出した。お父さんから旭のお父さんに話がいっていたようで、スムーズに受理された。

普段から業務内容を常に先輩と共有していたため、そこまで引き継ぎの手間はなく、つわりがもっとひどくなったら迷惑をかけてしまうので早めに退職する運びとなった。

「急に辞めたと思ったら妊娠したとか、情報量が多すぎてなかなか処理に追いつかないんだけど」

「ごめん、報告するのが遅くなっちゃって」

退職してから一週間後、久々にカフェで旭に会った。

「旭にはちゃんと会って報告したいなって思っていたからさ」

「まぁ……そういう理由なら仕方がないな」

あんなに怒っていたというのに、コロッと態度が変わるのが実に旭らしくて笑ってしまう。

「最初、結婚するって聞いた時はどうなるかと思ったけど、今ではすっかり幸せそうで安心したよ。もうお前のお守りからは解放されそうだな」

「お守りって……」

「実際にそうだろ？」

それは若干否めない。本当に昔から私は旭に頼ってばかりいたから。

「でも俺にとって菫子は友達で、それはこの先も変わらないからな」

「うん、ありがとう」

私の返事を聞いた旭は、晴れ晴れとした表情で注文した珈琲を飲んだ。

「あーあ、董子は初恋の人と結婚できて子どもまで授かったっていうのに、俺の運命の人はどこにいるのか」

「本当、どこにいるんだろうね。旭の初恋の子」

幼い頃に出会った人と旭はいまだに再会できずにいるらしい。

「そろそろ見つけないと、親父から結婚への圧力がすごくてさ。これまでは自然と再会できてこそ運命の相手だって思っていたけど、そうも言っていられなくなったし、本格的に探偵でも雇って捜すつもりでいるんだ」

「そっか」

それだけ旭は本気だってことだよね。どうか見つかって再会できるといいな。

「さて、と。そろそろ帰ろうか」

「え？　もう？」

まだ会って三十分くらいしか経っていないし、私はもう少し話したいと思っているのに。

すると旭は気まずそうに窓の外を指さした。

「お迎えだ。まったく過保護すぎる」

旭が指さした方向に目を向けると、店の外に隼士さんの姿があった。

「ほら、早く帰るぞ。でないと俺が睨まれる」

「うん、なんかごめんね旭」

「そう思うなら、俺とは話をしただけだとしっかり説明してくれよ」

店の外に出ると、旭は挨拶もそこそこに隼士さんに私を託して帰っていった。

「もしかして俺、彼に避けられているか？」

「えっと、そういうわけではないと思うんですけど……」

避けられているというか、恐れられているとは言えそうにない。話題を変えよう。

「迎えに来てくれてありがとうございました。お仕事は大丈夫なんですか？」

「あぁ、プロジェクトは落ち着いたし、今後はできるだけ菫子のそばについてやれって父さんに言われてさ」

「そうだったんですね」

近くのパーキングに移動し、彼の運転する車で帰宅すると、コンシェルジュから届いた荷物を受け取った。

「なんだ、これは」

「すごい量ですね」

コンシェルジュにも手伝ってもらって運んだのは、段ボール六個にも及ぶ。送り主はお互いの両親だった。

箱の中身を確認すると、赤ちゃんの服におもちゃに食器など多岐に亘る。

「まったく気が早すぎるな」

「たしかに」

服に関してはまだ男の子か女の子かもわからないのに、どっちでもいいように両方の色合いの服を購入している。

「でもそれだけ喜んでくれているんですよね。……すごいですね、赤ちゃんって」

「そうだな、幸せを運んできてくれたようだ」

「はい」

荷物を空き部屋に移動すると、そこにはすでに両親が一週間前に購入した品が置かれていた。

「出産までにどれだけ増えるんだろう」

「ちょっと怖いですね」

気持ちはありがたいけれど、ひとりの子で全部使いきれるか不安だ。

ふと空き部屋の窓に視線を向けると、綺麗な星空が見えた。

「隼士さん、ベランダに出ませんか？」

「いいけど風邪をひかないように温かくしてからな。あ、待ってろ。今、温かい飲み物を淹れてくるから」

「あっ……！」

隼士さんとふたりでちょっと星空を見たいなって思っただけだったんだけどな。余計な手間をかけさせてしまった。

その後、隼士さんは上着を用意してくれてミルクも温めてくれた。

「今日は一段と空気が澄んでいて綺麗だな」

「はい、とっても」

東京でもこんなに綺麗に見えるんだもの。もっと標高が高くて空気が綺麗な場所ではどれほどの星空が見えるのだろうか。

「いつかもっと綺麗な星を見てみたいです」

「いいな。子どもが大きくなったら三人で行こう」

「本当ですか？　約束ですよ」

「あぁ、約束だ」

私が小指を立てると、隼士さんはクスリと笑って指切りしてくれた。

温かくてほんのり甘いミルクを飲みながら星空を眺める中、隼士さんがゆっくりと口を開いた。

「さっき、赤ちゃんが幸せを運んできてくれたようだって言ったけど、俺に一番大きな幸せを運んできてくれたのは菫子なんだ」

「えっ？」

ドキッとするような言葉を言われて彼を見たら、愛おしそうに私を見つめる。その瞳で『好きだ』と告白されているようで恥ずかしいのに、目を逸らせない。

「菫子を見つけることができて俺は幸運だった。こんなにも多くの幸せをくれて、本当にありがとう」

なに、それ。ありがとうだなんて。

「それは私のほうです」

彼への思いがあふれ、感極まって涙がこぼれ落ちた。

「隼士さん、私を見つけてくれてありがとうございました」

そっと彼に寄りかかって体重を預けると、隼士さんは優しく私を包み込んでくれた。

「見つけたからには、なにがあっても幸せにする。菫子も生まれてくる赤ちゃんも」

「私もです」

隼士さんと赤ちゃんを幸せにしたい。

「だから隼士さん、私たち三人でたくさん幸せな思い出をつくっていきましょうね」

「あぁ、約束しよう」

星空の下、私たちは誓い合うように甘いキスを交わした。


それからの日々は慌ただしく過ぎていった。日に日におなかは大きくなっていき、生活に支障が出てきたものの、そこは隼士さんがカバーしてくれた。

それだけじゃなく、定期健診には必ず休みを取って付き添ってくれて、マタニティ教室にもすべて参加してくれたのだ。

おかげで隼士さんは産婦人科医たちの間では、ちょっとした有名イクメンパパになっていた。

相変わらず両親たちはどんどんベビー用品を買い込み、うちのマンションに置けなくなると、いつ泊まりに来てもいいようにとそれぞれの実家にベビー部屋まで作るほど。

みんなが待ち望んだ赤ちゃんが生まれたのは、予定日より三日遅れた早朝だった。

隼士さんは出産にも立ち会ってくれて、赤ちゃんが生まれた瞬間は感動のあまり泣いてしまった。もちろん私も泣いたのは言うまでもない。

助産師に記念に撮ってもらった最初の家族写真では、私と隼士さんの目は真っ赤に腫れていた。

そして出産から一カ月後――。

「隼士さん、寝ましたか？」

小声で彼に尋ねると、深くうなずいた。

私の腕の中で気持ちよさそうに眠っているのは長男の春陽《はるひ》で、隼士さんの腕の中にいるのは長女の陽菜《ひな》。

私たちが授かったのは双子の赤ちゃんだった。それがわかった時、喜び二倍だったけれど、不安もあった。初めての子育てなのに、いきなりふたりも育てられるだろうかと。

でも実際に始まってみれば、大変なこともあるけれど双子はとにかくかわいいし、なにより隼士さんをはじめ、両親たちがサポートしてくれる。

おかげで楽しく子育てできていた。

春陽と陽菜をベビーベッドに寝かせて、静かに寝室を出たところでお互い深いため息が漏れた。

「ふふ、やっと寝てくれましたね」

「あぁ。少し休もう」

隼士さんは三カ月間の育児休暇を取得してくれた。逢坂食品では男性の育児休暇取得率がまだまだ低いようで、率先して取るようにとお義父さんが言ってくれたそう。

そのお義父さんをはじめ、両親たちは本当に双子にメロメロで、暇さえあれば訪ねてくる。

本当に双子は私たちに多くの幸せを運んできてくれた。

私はハーブティー、隼士さんは珈琲を飲みながらテレビを眺めていると、コンシェルジュから来客が来たと連絡が入った。

「月森君かもしれないな」

「聖歌ちゃんかもしれません」

同時に言って立ち上がり、顔を見合わせる。

「え？　聖歌ちゃんってたしか料理教室で菫子が仲よくなった？」

「はい。それより、旭が来る予定だったんですか？」

「あぁ、昨日出産祝いに来るって連絡が入ったんだ」

私が妊娠中、いつの間に仲よくなったのか、隼士さんと旭は連絡を取り合うようになっていた。

今回みたいに旭は私を通さずに隼士さんに連絡することもたびたびある。

「じゃあふたり、鉢合わせしちゃいますね」

「でも同い年だし、意外と気が合うかもしれないぞ?」

「たしかに。なんとなくふたり似ていますし」

コンシェルジュに通してもらい、私たちは玄関先で到着を待つ。

「なんかこうやって縁が広がっていくかもしれないって思うと不思議ですね」

「それを言ったら俺たちの出会いからだろ? お互い他人だったのが家族になったんだ。ある意味奇跡だと思う」

「そうですね。これからも多くの縁をつないでいけたら幸せですね」

「あぁ、つないでいこう」

どちらからともなく手を取り合う。

きっとこの奇跡は、誰にでも起こるもの。それは私たちの間に生まれてきたかわいい天使たちにもいつか必ず——。

END

特別書き下ろし番外編

『いつまでも新婚夫婦でいたい』

春陽と陽菜の一歳の誕生日を迎えて半年が過ぎ、ふたりともよちよち歩きからしっかりとした足取りで歩けるようになってきた。

ふたりの成長をうれしく思うと同時に、予想不可能な動きをする天使の顔をした悪魔な双子に、私は四六時中振り回されていた。

「マーマ！　マーマ！」

「待って、春陽。次は陽菜の番だからね」

キッズ用のハイチェアに並んで座らせ、私はふたりに交互にお昼ご飯の離乳食を与えていた。

ふたりともよく食べてくれるけれど、とくに春陽が食欲旺盛だ。待つことができなくて、陽菜にあげている間はとにかく早くしてくれと言わんばかりに大暴れする。

「陽菜は本当におりこうさんね」

春陽に食べさせている間もおとなしく待っている。双子といっても性格はまったく違う。

陽菜はおとなしくて癇癪《かんしゃく》を起こさないし、遊び方もおとなしい。人形などで静かに遊ぶのが好きなようだ。

一方の春陽はとにかくやんちゃ。泣き声は大きく、遊び方も豪快でおもちゃを投げたりする。

目につくものすべてがおもちゃと化しつつあって、コンセントや机の角などけがする可能性があるものにはすべて対策をしている。

ふたりともそれぞれ個性があり、子育ては毎日が勉強であって新しい発見の連続だった。

「はい、ごちそうさまでした」

ふたりとも完食したから片づけに入ろうとしたものの、春陽は足りないようで催促するように泣きだした。

「まんま！　まんま！」

手をジタバタさせて訴えてくるが、これ以上与えたら食べすぎてしまう。

「春陽、もうおしまいだよ」

「やー！」

声をあげて泣き始めると、もうお手上げ状態。チェアから降ろして抱き上げ、背中をさすりながらなだめても一向に泣きやまない。

するとまるで伝染したように突然陽菜も泣きだした。

「うわーん！」

春陽ほど大きな声ではないが、私に抱っこしてほしいと手を伸ばしてくる。

「陽菜、ちょっと待っててね」

隼士さんがいない時、一緒に泣いたらおんぶ紐を活用していた。春陽をおんぶしてそして陽菜を抱っこする。

「うっ……。ふたりとも、大きくなったね」

前後に抱えたらふたり分の重みがずっしりと体に圧しかかった。それでも泣きやまないふたりをあやしながら食器の片づけに入る。

すると、インターホンが鳴った。

「誰だろうね」

ふたりを抱えたままモニター画面を確認すると、お義父さんとお義母さんだった。

「あ、じいじとばあばだよ」

廊下を進んで玄関へと向かい、すぐにドアを開ける。その瞬間、慌ててふたりが部屋に入ってきた。

「あらあら、どうしたのふたりとも。菫子ちゃんも大丈夫？　代わるわよ」

「春陽、陽菜ー。じいじが来たぞ」

外にまでふたりの泣き声が聞こえていたみたいで、お義父さんとお義母さんは心配そうに双子を見つめ、すぐにそれぞれ春陽と陽菜を抱っこしてくれた。

「さぁ、じいじとばあばと遊ぼう。菫子ちゃん、お邪魔するよ」

「は、はい」

意気揚々と春陽をあやしながら子ども部屋へ向かうお義父さんに続き、家に上がったお義母さんは私の前で足を止めた。

「菫子ちゃん、ふたりは私たちが見ているから少し休んでなさい」

「ありがとうございます。ではお言葉に甘えて洗い物や洗濯物を片づけていますので、なにかあったら呼んでください」

家事がたまっていたからベストなタイミングで来てくれて感謝しかない。

「あら、なに言ってるの。洗い物も洗濯物も私たちがやるから大丈夫！　まだ夜はぐっすり眠れていないんでしょ？　春陽と陽菜は私たちがしっかり見ているから、少しでも睡眠を取ってきなさいよ」

「お義母さん……」

本当、助けてくれる人の存在は大きい。そして私はなんて幸せ者だろうと痛感する。

「ありがとうございます。すみません、じゃあ少し横になってきます」

「ええ、ゆっくり休んできて」

もう一度感謝の気持ちを伝え、お義父さんとお義母さんに双子をお願いして私はベッドに入った。

少しだけ寝て起きようと思っていたつもりが、次に目を覚ました時には十八時を回っていて目を疑う。

「嘘、もうこんな時間？」

慌てて飛び起きて、乱れた髪を整えながら寝室を出る。すると、リビングからは楽しそうな笑い声が聞こえてきた。

「すみません、長い時間見てもらって」

ドアを開けた先には、お風呂上がりの双子の体を拭くお義父さんとお義母さんの姿があった。

「あら、菫子ちゃんもう起きたの？」

「疲れているだろう。もう少し寝ていても大丈夫だぞ」

「いいえ、そんな。十分休めましたから大丈夫です」

急いで双子のもとへ駆け寄るも、すっかりふたりに懐いていて一向に私のほうへ来そうにない。

「ほら、春陽。次は髪の毛を乾かすぞ」

「あなた、ボタンをかけ違えていますよ」

「あ、本当だ」

「もう、しっかりしてください」

お義母さんに指摘され、お義父さんは慌てて春陽のボタンを直していく。

昔から体が弱かったお義母さんだけれど、双子が生まれてからというもの、日に日に元気になっている。

体調を崩す回数も少なくなってきたし、以前よりも食欲が増しているそう。『曾孫のお世話までできるように、健康でいるわ』と気合い十分。

私の両親も双子の成長を見守ることが生きがいとなり、毎日が楽しくて仕方がないと言っている。本当に春陽と陽菜は、私たちに多くの幸せを運んできてくれた。

「菫子起きたんだな。大丈夫か？」

パジャマ姿の隼士さんが、タオルで髪を拭きながらリビングに入ってきた。

「はい、お義母さんたちのおかげでゆっくり休めました。それより隼士さん、いつ帰ってきたんですか？」

「今日は仕事が早く終わったんだ。久しぶりに双子と風呂に入れて楽しかったよ」

「そうだったんですね。お風呂、ありがとうございました」

冷蔵庫からミネラルウォーターを手に取り、キャップを開けて隼士さんは半分以上一気に飲み干す。

「ここ最近、忙しくて双子を任せっきりにして悪かった。少し余裕ができたから、今日のようにできるだけ早く帰ってくるよ」

隼士さんが言うと、お義母さんが「そうよ」と声をあげた。

「ひとりでも大変なのに、双子だなんて。本当に董子ちゃんはよくやっていると思うわ。あなた、あまり隼士に仕事を与えないでちょうだい」

「いや、そういうわけにはいかないだろう。それに隼士が忙しいからこうやって私たちが手伝いに来られるんだ。隼士の仕事が暇になったら私たちはお役御免だぞ？　母さんは春陽と陽菜に会う口実がなくなってもいいのか？」

「それはだめよ。……じゃあ仕方がないわね、ほどほどに仕事をがんばりなさい」

あきれた様子でため息を漏らす隼士さんには申し訳ないけれど、私はつい頬が緩む。

「手伝いに来てくれるのは助かってるけど、董子の負担にならない程度にしてくれ」

「もちろんよ。そこは春日井さんと相談して、平等にお手伝いに来ているから安心してちょうだい」

「なにを安心したらいいのかわからないけど、くれぐれも気をつけてほしい」

和やかなやり取りに幸せを感じずにはいられない。

「さぁ、じゃあみんな揃ったし夕食にしましょう。菫子ちゃん、双子の離乳食も用意したんだけど、味見をしてくれる？」

嘘、お風呂だけじゃなくて料理まで作ってくれたなんて……。

「すみません、ありがとうございます」

「いいのよ。久しぶりで楽しかったんだから。早く味見して。きっと春陽がそろそろおなかが空いたって怒りそうだしね」

「はい、そうですね」

お義母さんの作った離乳食の味付けはばっちりで、匂いで気づいた春陽は「まんま！」と騒ぎだした。

「どれ、じいじとばあばが食べさせてあげよう。おいで」

お義父さんが手を伸ばすと、春陽はすぐさま抱きついた。

「菫子ちゃんと隼士は先に食べちゃいなさい」

「え、でも……」

ふたりに任せて私たちだけ先に食事するなんて申し訳ない。そう思ったのは隼士さんも同じだったようで、顔を見合わせた。

「私たちのことは気にしなくて大丈夫。なんのために手伝いに来たと思ってるの？ たまにはゆっくり食事しなさい」

お義母さんに甘えて、私たちは久しぶりにふたりで双子を気にすることなく食事をすることができた。

その後、お義父さんが寝かしつけまでしてくれて、お義母さんと食器の片づけを終え、隼士さんが淹れてくれた珈琲を飲んでいた時のこと。

「そうだ、隼士。週末は休めるの？」

「休めるけど……なにかあるのか？」

彼が聞くと、お義母さんはチラッと私を見て満面の笑顔を見せた。

「それならよかったわ。じゃあこれは無駄にならないわね」

そう言ってお義母さんは席を立ち、自分のバッグを手に戻ってきた。そしてテーブルの上に出したのは、ディナー付きのクルージングペアチケットだった。

「お義母さん、これは？」

「ふふ、私たちと春日井さんからのプレゼントよ。双子が生まれてから一度もふたりで出かけていないでしょ？　たまには夫婦水入らずでゆっくりしてきなさい。あ、ちなみに双子は私たち四人で泊まり込んでしっかり面倒を見るから心配はいらないわ。せっかくだし泊まってきて」

思いがけない話に、私も隼士さんも戸惑いを隠せなくなる。

「いや、でも春陽も陽菜もひと晩離れたことがないし、俺たちがいなくても大丈夫なのか？」

それは私も同意見だ。以前よりも夜は長い時間寝てくれるようになったけれど、まだまだふたりとも夜泣きするもの。

心配する私たちにお義母さんは首を横に振った。

「大丈夫よ、私も春日井さんも子育てを経験してきたんだから。四人集まればどうにかなるものよ。それに私たちもこんな機会がないと双子たちと一緒にお泊まりできないわ。私たちは私たちで楽しくやるから、あなたたちも気兼ねなく楽しんできなさい」

そこまで言われたら断るわけにはいかなくなる。

「じゃあ董子、ここはお言葉に甘えようか」

「はい。すみません、お義母さん。春陽と陽菜をお願いします」

「気遣ってくれてありがとう。週末は双子を頼む」

私たちの話を聞き、お義母さんはうれしそうに顔を綻ばせた。

「任せてちょうだい。寝かしつけているあの人も喜ぶわ」

うれしそうなお義母さんに、私も隼士さんもつい笑ってしまった。


迎えた週末。私たちは夕方から出かけるというのに、お義母さんたちはなんと朝から四人でやって来た。

せっかくだからデートでもしてきなさいと半ば強引に家を追い出され、私と隼士さんが家を出る時に双子が泣くんじゃないかと心配したけれど、それは杞憂《きゆう》だった。

両親たちは春陽と陽菜が好きなおやつやおもちゃなどをお土産に持ってきて、ふたりはそれに夢中。その間に私たちは家を出た。

「せっかくだから映画や買い物にでも行くか」

「いいですね」

行き先が決まると、隼士さんは私の手を握った。びっくりして彼を見たら、からかい口調で「久しぶりのデートだ。今日は一日ずっとこうだぞ」と言う。

手をつないで歩くのは本当に久しぶりで照れくさくもあるが、やっぱりうれしい。

「はい、わかりました！」

ギュッと握り返し、私たちは歩いて近くの映画館へと向かった。

ふたりで見たい映画を決め、痛快なアクション映画を鑑賞する。手に汗を握る展開に、私も隼士さんも終了後には興奮気味に感想を語り合った。

「もう一回見てもいいな」

「はい。大画面で見るからこそよかったですよね」

次に向かったのは、父が予約してくれたすき焼き専門店。格式高い店で、父の友人が料理長を務めており、幼い頃から何度も家族で訪れていた。

女将が目の前で一から作ってくれて、割り下が絶品。烏骨鶏《うこっけい》の生卵と絡めて食べたお肉はすぐ口の中でとろけるほど甘かった。

「あとでお義父さんにお礼を言わないとな」

「そうですね」

会計を済ませようとしたところ、予約時に父がふたり分の料金を支払ってくれていたのだ。

「クルーズに乗るまで時間がまだありますね、どうしましょうか」

「俺が行きたいところに行ってもいいか？」

「はい、もちろんです」

隼士さんが行きたいところってどこだろう。

気になりながらも再び手をつないで向かった先はジュエリー専門店だった。

「え、ここですか？」

意外な場所に思わず聞いてしまうと、隼士さんは意味ありげに笑う。

「あぁ」

彼に手を引かれて入店すると、すぐに年配の男性スタッフが駆け寄ってきた。

「いらっしゃいませ、逢坂様。どうぞこちらへ」

スタッフに案内された先は店内の奥にある個室。ソファに並んで座るとすぐに珈琲が運ばれてきた。

「本日はどのようなものをお求めでしょうか」

スタッフに聞かれると、隼士さんは私を愛おしそうに見つめた。

「妻に似合うアクセサリーを見せてほしい」

「かしこまりました。少々お待ちください」

頭を下げてスタッフが個室から出ていくと同時に、私は隼士さんに「どういうことですか？」と尋ねた。

「プレゼントならこの前もいただきましたよ」

そうなのだ、隼士さんは記念日でも誕生日でもない日にも、突然プレゼントを買ってくることがある。ケーキやお菓子はもちろん、花束にジュエリーまで実にさまざま。つい先日も着付け教室に通い始めたからか、『がんばってる菫子に』と言って、珊瑚《さんご》の帯留めをプレゼントしてくれたのだ。

「いくらプレゼントしてもいいだろ？　それとも菫子はうれしくないか？」

「そんなことはありませんけど……」

「なら気に入ったものを選んでくれ」

すぐにスタッフが戻ってきて、テーブルにダイヤモンドやサファイア、ルビーを使用したジュエリーを並べていく。

すると隼士さんは、ピンクダイヤモンドのイヤリングとネックレスを手に取った。

「これ、菫子に似合うな」

「そうでしょうか？」

私にあてがって真剣な表情で見つめられ、気恥ずかしくなる。

「大変お似合いですよ。試着してみませんか？」

「頼む」

隼士さんがそう言うと、男性スタッフは女性スタッフを呼び、イヤリングとネックレスをつけてくれた。

「いかがでしょうか？」

鏡に映った自分を見ると、ピンクダイヤモンドが光り輝いていてまぶしい。

「うん、似合うな。これにしよう」

「ありがとうございます」

即決した隼士さんは支払いを済ませてしまった。

「来月に取引先の社長から夫婦でパーティーに参加してほしいと言われているんだ。その時、今日買ったアクセサリーをつけてくれたらうれしい」

「そうだったんですね、もちろんつけます。隼士さん、いつもありがとうございます」

「夫として当然のことをしたまでだよ」

最初の頃は高価なプレゼントばかりもらって戸惑ったけれど、さっきみたいに必要な物だったり、私が疲れていると思って甘い物を買ってきてくれたりと、いつも私のことを考えてプレゼントしてくれている。

私はいつも『ありがとうございます』の前に『すみません』をつけてしまい、隼士さんは悲しそうな顔をしていた。

一度『ありがとうございました』『うれしいです』と伝えたら、自分がプレゼントをもらったかのように喜んでくれて、それからは感謝の言葉だけを伝えるようにしている。

店を出たところで時間を確認すると、まだ十五時を回った頃。あと三時間ほどある。

「まだ時間があるな。董子はどこか行きたいところあるか？」

隼士さんに聞かれ、すぐ頭に浮かんだのは春陽と陽菜の顔。

「子ども服もおもちゃも、両親たちのプレゼントがいっぱいで一度も私たちふたりで選べていないじゃないですか。だからふたりのものを買いに行きませんか？」

隼士さんと選んだものをふたりに着せたり、一緒に遊んだりしてみたい。その思いで言うと、隼士さんも大きくうなずいた。

「そういえば双子の服を買ったことがないな。いつも父さんたちの気に入ったものしか着せてやれなかったし、この機会に買いに行こうか」

「はい！」

私たちはベビー専門店へと向かい、さまざまなブランドの服を見て回った。するとどの服も春陽と陽菜に似合う気がしてしまい、いつの間にか多くの枚数を買っていたことに気づいた。

「俺たち、相当な親バカだな」

「本当ですね。これじゃお父さんたちのことを言えません」

「たしかに」

双子はすぐに大きくなるというのに、気に入ったものを片っ端から買っていったものだから、家にあるものも合わせると全部着られるか不安になってきた。

「でもこのお揃いの服をふたりで着たら絶対かわいいだろ」

「かわいいに決まってますよね。早く帰って着せたいです」

久しぶりのデートだというのに、そこからは双子の話が途切れることはなかった。

十九時出航のクルーズ船は、なんと私たちふたりの貸し切りだった。

まずはシャンパンで乾杯をし、フレンチのコース料理に舌鼓を打つ。食後は外に出て、船上からの夜景に酔いしれた。

「よく船上パーティーには出席していたが、こうやって船の上からの景色をゆっくりと見るのは初めてだ」

「私もです」

子どもの頃に乗ったことがあるけれど、子どもだけじゃ危ないからと外に出るのを許してもらえなかった。

肩を寄せ合い、夜景に目を奪われる。

「そういえば俺たち、まだ新婚旅行に行けてなかったな」

「そうでしたね」

行こうという話はあったものの、私の妊娠が発覚して旅行どころではなくなってしまったから。

「いつか必ず行こう。……そうだな、各国を回るとなると最低でも一カ月は欲しいところだ。だが春陽と陽菜もあと半年で二歳になるし、近場だったら海外に行ってもいいかもしれないな」

新婚旅行について話していたはずなのに、いつの間にか家族旅行の話に変わっていて思わず笑ってしまった。

「じゃあ早急にふたりのパスポートを申請したほうがいいですね」

「そうだな、次の休みにでも行こうか」

「ふふ、そうですね」

そこでやっと隼士さんは話がずれたことに気づいたようで、「悪い」とつぶやく。

「どうしても双子のことを考えてしまうな」

「隼士さんだけじゃありません、私もですよ」

ふとした瞬間にいつも春陽と陽菜のことを考えてばかりいる。

「新婚旅行は、双子が大きくなってからゆっくり行きませんか？」

「いや、それじゃ新婚旅行の意味がなくなるんじゃないのか？」

たしかに隼士さんの言う通りかもしれない。でも……。

「そうかもしれませんが、裏を返せば旅行に行かない限り私たちはいつまでも新婚のままいられるってことじゃないですか」

冗談交じりに言うと、隼士さんは目を見開いた後、顔をクシャッとさせて笑った。

「そうだな、ふたりで旅行に行くまでずっと新婚のままでいるのもいい」

「はい、私もそう思います」

だけどね、隼士さん。私はいくつになってもどんなに長い年月をともに過ごしても、結婚したばかりの頃のようにあなたにときめき、ドキドキすると思うの。

今だって毎日好きって気持ちが大きくなっているのだから。

「いつか子育てを終えて、ふたりの時間を取れるようになったら多くの場所にふたりで出かけよう」

「行きましょう。でもその前に、家族四人で出かけましょうね」

「そうだな、春陽と陽菜をいろいろな場所に連れていき、さまざまな経験をさせてやりたい」

「私もです」

ふたりには多くの経験を重ねてほしい。それがきっと自分の生きる上で大きな力になると思うから。

「しかし、家族四人か」

「はい、四人ですよね？」

どうして隼士さんはあたり前のことを聞くのだろうかと首をかしげる。そんな私の耳に彼は口を寄せた。

「双子も二歳になるし、もうひとり考えてみようか？」

「えっ」

「もちろん菫子の意見を尊重するよ。どうしても負担がかかるのは菫子だ。さまざまな出産のリスクを負わせてしまうのが心苦しくて、心の底から代われるものなら代わりたい」

「そんな」

隼士さんは双子の妊娠が発覚した時から、献身的にサポートしてくれた。マタニティ教室で知り合ったママさんみんなにうらやましがられるほどだったもの。

「隼士さんがいてくれたから私は無事にふたりを出産することができたんです。それに双子がお兄ちゃん、お姉ちゃんになる姿も見てみたいなって思っていました」

弟か妹が生まれたら、双子はどうなるのかな？　どっちが面倒を見るかで喧嘩するかもしれない。想像するだけで幸せな気持ちでいっぱいになる。

「菫子がいいなら双子に弟か妹をプレゼントしてやろう」

「はい、ぜひ」

クスリと笑い合った私たちはどちらからともなく抱き合い、口づけを交わした。

沸いた熱が冷めぬまま、私たちはクルーズ船を降りてタクシーで都内のラグジュアリーホテルへと向かった。

隼士さんが予約していた部屋は最上階にあるスイートルーム。部屋からの夜景が素晴らしいと聞いたことがあったけれど、楽しむ余裕はなかった。

部屋に入るなり隼士さんは深いキスで私の口を塞いだ。

「んっ。隼士さん、待って」

「待つわけがないだろ？」

余裕ない声で言い、隼士さんは私を抱き上げた。大股で寝室へ行くと、彼は優しく私をベッドに寝かせてすぐに覆いかぶさってきた。

「隼士さん、先にシャワーを浴びさせてください」

「させてあげられると思うか？」

意地悪な笑みを浮かべ、隼士さんは私の服をまくってじかに肌に触れた。

「早く菫子を抱きたい」

ストレートな言葉に、かあっと体中が熱くなる。

でも出産してから体を重ねるのは久しぶり。だからこそ綺麗な姿で抱かれたいと思う反面、私も早く隼士さんとひとつになりたい気持ちもある。

でも、迷いが生じたのはほんの数分だけだった。彼に触れられたら、もっと触れてほしい気持ちが大きくなってたまらなくなる。

本能で私たちは抱き合い、互いの気持ちを確かめ合った。

「大丈夫か？　菫子」

「は、い……」

何度目かわからないほど果てた後、息も途切れ途切れで苦しい。

「じゃあまだ大丈夫だな」

「えっ？　嘘、待ってください！　あぁっ」

再び彼が私の中に入ってきて、大きく体が反応してしまう。

「ごめん、全然収まらない」

「そんなっ」

何度も激しく打ちつかれ、甘い声が止まらなくなる。

限界だと訴えるように隼士さんの胸を叩いても止めてもらえず、いつの間にか私は意識を手放した。


「悪かった」

「……本当ですよ」

目を覚ましたらいつの間にか私はバスローブを身にまとっていた。そして隼士さんは安心した顔をして、すぐに謝ってきた。

でも久しぶりに彼と体を重ね、愛されていると全身で感じることができ、幸せな気持ちで満たされた。しかし体力は限界。少しでも気を抜いたら眠ってしまいそうだ。

眠る前にシャワーを浴びたいと思いつつも、瞼が下がってくる。そんな中、隼士さんは信じられないことを言いだした。

「本当に悪かった。次は加減するよ」

「……え？」

すぐに彼が覆いかぶさってきて一気に目が覚める。

「待ってください、隼士さん。もう無理です」

全力で拒否するものの、彼は私の頬や瞼に優しいキスを落とす。

「三人目、つくるんだろ？」

「そうですけど……」

「それに新婚夫婦なら、朝までコースじゃないのか？」

耳を疑う言葉にギョッとなる。そんな私の反応を楽しむかのように隼士さんはクスクスと笑いながら首筋に顔をうずめた。

「優しくするから、もう少し菫子に触れさせて」

体はもう無理だと言っているけれど、彼に甘い言葉をささやかれたら私は完全に絆《ほだ》されてしまう。

「……あと一回だけですよ？」

「あぁ、わかった」

顔を上げた隼士さんは、愛おしそうに私を見つめる。そんな彼が好きでたまらなくて、自ら隼士さんの首に腕を回した。

「愛してるよ、菫子」

「私も愛しています」

愛の言葉をささやき、再び私たちはたっぷりと愛し合った。

これから先の未来、新しい家族を迎えて年を重ねていったとしても、あなたを好きな気持ちは小さくなることはないと思う。

昨日より今日、今日より明日好きにさせられているのだから。

それをベッドの中で幸せな余韻に浸りながら隼士さんに伝えたところ、うれしそうに笑みをこぼし、「俺もだよ」と言う。

「いつもこれ以上、菫子を好きにさせないでくれって思っている。どうしようもないほど毎日好きにさせられている」

「それは私のほうです」

すると彼は私の耳もとでささやく。「どうやら俺たちは、似た者夫婦のようだ」って。

END

あとがき

このたびは『愛なき結婚ですが、一途な冷徹御曹司のとろ甘溺愛が始まりました』をお手に取ってくださり、ありがとうございました。

ここ数作連続で執筆中にスランプに陥っている私ですが、今作も例外ではありませんでした。

それでもいつものように伝えたいことは作中に詰め込めました。どんなに好きな人でも、無条件に信じることはなかなかできることではありません。それができてこそ本物の夫婦になれるのではないかと個人的に思っており、それがこの作品を通して皆様に伝わってくれたら……と願っています。

こぼれ話になりますが、水族館デートで隼士が董子にプレゼントした大きなイルカのぬいぐるみがあります。すっかりと董子のお気に入りになり、ベッドの中で一緒に寝ていて、それに対して隼士がぬいぐるみに嫉妬するという番外編をちょっぴり書きたいと思いつつ、結局書けずじまいでした。ですのでサイトなどで書けたらと考えています。（実現は難しそうですが汗）

今作でも、本当に！　担当様をはじめ、多くの方に大変なご迷惑をおかけしてしまい申し訳ございませんでした。

こうして出版することができたのは力添えしてくださった皆様のおかげです。いつもありがとうございます。

カバーイラストを担当してくださったチドリアシ先生。先生が作画を担当されている漫画を読んでいたので、担当していただけると聞いてとてもうれしかったです。素敵なふたりを描いてくださりありがとうございました。

なによりつたない私の恋愛小説を手に取ってくださる読者様の皆様、最大限の感謝の気持ちを伝えても足りません。本当にいつもありがとうございます。

来年の話になってしまいますが、新年度を迎えてからは大幅に自分の時間を確保することができるので、書きたいお話をたくさん書く一年にしたいと思っています。

またこのような素敵な機会を通して、皆様とお会いできることを祈って……。

田崎《たさき》くるみ

田崎くるみ先生への
ファンレターのあて先

〒104-0031
東京都中央区京橋1-3-1
八重洲口大栄ビル7F
スターツ出版株式会社　書籍編集部　気付

田崎くるみ先生

本書へのご意見をお聞かせください

お買い上げいただき、ありがとうございます。
今後の編集の参考にさせていただきますので、
アンケートにお答えいただければ幸いです。

下記URLまたはQRコードから
アンケートページへお入りください。
https://www.berrys-cafe.jp/static/etc/bb

愛なき結婚ですが、一途な冷徹御曹司のとろ甘溺愛が始まりました

2023年11月10日　初版第1刷発行

著　者　田崎くるみ

発行人　菊地修一
デザイン　カバー　hive & co.,ltd.
校　正　株式会社文字工房燦光
発行所　スターツ出版株式会社
〒104-0031
東京都中央区京橋1-3-1　八重洲口大栄ビル7F
TEL　出版マーケティンググループ　03-6202-0386
(ご注文等に関するお問い合わせ)
URL　https://starts-pub.jp/
印刷所　大日本印刷株式会社

Printed in Japan

乱丁・落丁などの不良品はお取替えいたします。
上記出版マーケティンググループまでお問い合わせください。
定価はカバーに記載されています。

ISBN 978-4-8137-1504-7　C0193

ベリーズ文庫 2023年11月発売

『凄腕外科医は初恋妻を溺愛で取り戻す～もう二度と君を離さない～【極上スパダリの執着溺愛シリーズ】』 にしのムラサキ・著

受付事務の茉由里と大病院の御曹司・宏輝は婚約中。幸せ絶頂の中、彼の政略結婚を望む彼の母に別れを懇願され、茉由里は彼の未来のために姿を消すことを決意。しかしその直後、妊娠が発覚。密かに産み育てていたはずが…。「ずっと君だけを愛してる」──茉由里を探し出した宏輝の猛溺愛が止まらなくて…!?

ISBN 978-4-8137-1499-6／定価726円（本体660円＋税10%）

『契約婚初夜、冷徹警視正の激愛が溢れて抗えない』 滝井《たきい》みらん・著

図書館司書の莉乃は、知人の提案を断れずエリート警視正・柊吾とお見合いすることに。彼も結婚を本気で考えていないと思っていたのに、まさかの契約結婚を提案される！　同居が始まると、紳士だったはずの柊吾が俺様に豹変して…!?　「俺しか見るな」──独占欲全開な彼の猛溺愛に溶かし尽くされ…。

ISBN 978-4-8137-1500-9／定価748円（本体680円＋税10%）

『離婚したはずが、辣腕御曹司は揺るぎない愛でもう一度娶る』 高田《たかだ》ちさき・著

IT会社で働くOLの琴葉は、ある日新社長の補佐役に抜擢される。彼女の前に新社長として現れたのは、４年前に離婚した元夫・玲司だった。とある事情から、旧財閥の御曹司の彼に迷惑をかけまいと琴葉は身を引いた。それなのに、「俺の妻は、生涯で君しかいない」と一途すぎる溺愛猛攻がはじまって…!?

ISBN 978-4-8137-1501-6／定価726円（本体660円＋税10%）

『偽装結婚から始まる完璧御曹司の甘すぎる純愛―どうしようもないほど愛してる』 吉澤紗矢《よしざわさや》・著

カフェ店員の花穂は、過去のトラウマが原因で男性が苦手。しかし、父親から見合いを強要され困っていた。断りきれず顔合わせの場に行くと、そこにいたのは常連客である大手企業の御曹司・響一で…!?　彼の提案で偽装結婚することになった花穂。すると、予想外の甘い独占欲に蕩かされる日々が始まって…!?

ISBN 978-4-8137-1502-3／定価726円（本体660円＋税10%）

『俺様御曹司は本能愛を抑えない～傷心中でしたが溺愛で溶かされました～』 立花実咲《たちばなみさき》・著

失恋から立ち直れずにいた澄香は、花見に参加した帰り道、理想的な紳士と出会う。彼との再会を夢見ていた矢先、勤務する大手商社の御曹司・伊吹から突然プロポーズされて…!?　「君はただ俺に溺れればいい」──理想と違うはずなのに、甘く獰猛な彼からの溺愛必至な猛アプローチに澄香の心は揺れ動き…。

ISBN 978-4-8137-1503-0／定価715円（本体650円＋税10%）

ベリーズ文庫 2023年11月発売

『愛なき結婚ですが、一途な冷徹御曹司のとろ甘溺愛が始まりました』 田崎《たさき》くるみ・著

1年前、社長令嬢の董子は片思いしていた御曹司の隼士と政略結婚をすることに。しかしふたりの関係はいつまでも冷え切ったまま。いつしか董子は彼の人生を縛り付けたくないと身を引こうと決意し離婚を告げるが…。「君を誰にも渡さない」──なぜか彼の独占欲に火がついて董子への溺愛猛攻が始まって…!?

ISBN 978-4-8137-1504-7／定価726円（本体660円＋税10%）

ベリーズ文庫 2023年12月発売予定

Now Printing

『初めましてこんにちは、離婚してください[新装版]』 あさぎ千夜春《ちよはる》・著

家のために若くして政略結婚させられた莉央。相手は、容姿端麗だけど冷徹なIT界の帝王・高嶺。互いに顔も知らないまま十年が経ち、莉央はついに"夫"に離婚を突きつける。けれど高嶺は離婚を拒否し、まさかの溺愛モード全開に豹変して…!? 大ヒット作を装い新たに刊行! 特別書き下ろし番外編付き!

ISBN 978-4-8137-1514-6／予価660円（本体600円＋税10%）

Now Printing

『慈善事業はもうたくさん!～転生聖女は、神殿から逃げ出したい～』 坂野真夢《さかのまむ》・著

神の声を聞ける聖女・ブランシュはお人よしで苦労性。ある時、神から"結婚せよ"とのお告げがあり、訳ありの辺境伯・オレールの元へ嫁ぐことに! 彼は冷めた態度だが、ブランシュは領民の役に立とうと日々奮闘。するとオレールの不器用な愛が漏れ出してきて…。聖女が俗世で幸せになっていいんですか…!?

ISBN 978-4-8137-1515-3／予価660円（本体600円＋税10%）

タイトル、価格等は変更になることがございますのでご了承ください。